Von Augenschmaus bis Zuckerschnute

humorvolle Alltagsgeschichten

von

Marion Romana Glettner

Dieses Buch ist Marie-Luise gewidmet. Einer ganz besonderen Frau und Freundin.

Copyright © 2016 by Marion Romana Glettner
Herstellung und Verlag: BoD – Books on Demand,
Norderstedt

ISBN: 9783741236716

Covergestaltung: Ralph Burgstett

Karikaturen: Schöpfrad e. V.

Ein herzliches Dankeschön an Angela Klamke, dem Schöpfrad e. V. und Ralph Burgstett für die Mitarbeit am Manuskript und Cover.

Autokauf

Karin war eine gute Arbeitskollegin, verheiratet mit einem netten Mann, der auch vieles mit Humor nahm. Manchmal dachte er, tu' Karin etwas Gutes. Und doch ging einiges total daneben.

Manchmal gibt es eben Tage, da geht alles schief. So auch an diesem Tag. Karin sammelte Kakteen, ihr ganzer Stolz. Etwa 20 Stück standen an ihrem Arbeitsplatz auf dem Schreibtisch.
Wenn frühmorgens die Reinigungskraft kam, erzählte diese gern einmal einen Schwank mit Karin und stützte sich dabei auf deren Arbeitstisch ab. Natürlich stach sie sich dann immer mal wieder an den Stacheln der Kakteen.

Da ich meist als erste auf Arbeit war, merkte ich eines Tages auch als allererste, dass irgendetwas nicht stimmte. Ich wusste anfangs nur nicht was. Auch die anderen Kollegen stutzten. Plötzlich fiel es uns auf. Die Pflanzen sahen irgendwie anders aus: die Kakteen hatten keine Stacheln mehr. Wie würde Karin reagieren, wenn sie es bemerkte? Keiner wollte etwas sagen. Da kam sie auch schon zur Tür herein und stutzte prompt. Plötzlich änderte sich ihre Gesichtsfarbe in ein kräftiges Rot. „Wer war das?" zischte sie in scharfem Ton. Alles schwieg!

Etwas später kam Gerda, unsere Reinigungskraft. Sie wusste auf Anhieb, was los war und stotterte: „Naja, die haben immer so gepiekst, da habe ich die Stacheln abrasiert."
Karin platzte fast vor Wut, während wir Kollegen nur mit Mühe das Lachen verkneifen konnten.

Um die Mittagszeit – als sich Karins Wut langsam gelegt hatte - klingelte plötzlich das Telefon. Ihr Mann Wilfried rief an. Er hatte eine große Überraschung für seine Frau. Sie war total von den Socken, als er ihr voller Stolz erzählte: „ Du, ich habe uns ein Auto gekauft!" Karin entgegnete aufgeregt: „ Was hast du gemacht?" Er meinte: „Ganz billig, für 500 Mark." Was hatte er denn nun wieder angestellt? Sie sagte ihm, dass er unbedingt zu ihr kommen sollte, zur Arbeit.

Gesagt, getan. Nach einer kleinen Weile hupte es vor Tür. Nur klang es etwas komisch. Alle Kollegen stürmten neugierig an die Fenster. Da stand ein alter F8 – der Vorgänger des Trabi - in schwarz. Alle lachten. In der Mittagspause sahen wir uns den Wagen genauer an. Wilfried sagte: „Er war ein Schnäppchen, hat nur einige Macken."

Die erste, wohl entscheidende: das Auto hatte Probleme mit dem Starten. Es musste zuerst ein Stück die Straße hinunter geschoben werden, damit es ansprang. Also Anlauf und mit einem Sprung ins Auto. Eine weitere Problem hatten die Türen. Innen waren Stricke angebracht, um sie zuzuhalten.

Kurz vor Feierabend hatte Karin die Lösung gefunden: „ Am besten, ich bringe an den Autofenstern Gardinen an, damit keiner sieht, welcher Idiot drinnen sitzt."

Die Lüge

Das neue Jahr hatte gerade erst begonnen, da gab ich eine Anzeige in der Tagespresse auf. Etliche Briefe trudelten ein, ich sortierte sie. Einigen Männern schrieb ich kurz zurück und teilte meine Telefonnummer mit. Daraufhin klingelte oft das Telefon. Ein gewisser Uwe war sehr hartnäckig. Er wollte mich unbedingt treffen. Irgendwie empfand ich die Anrufe als stressig.

Nun war Valentinstag, und Uwe wollte mich unbedingt sehen. Da ich sowieso noch einkaufen musste, sagte ich zu. Wir verabredeten uns für den späten Nachmittag auf dem Parkplatz eines Einkaufszentrums. Er erzählte mir, dass er einen roten VW-Passat fahren würde und in einem Büro tätig sei. Eine Stunde vor dem Treffen schminkte ich mich und zog einen Hosenanzug an. Ein Blick in den Spiegel sagte mir „alles okay".

Pünktlich stand ich auf dem Parkplatz, als plötzlich eine SMS eintraf. Uwe fragte: „Bist Du schon da?" Ich ließ meinen Blick über den Parkplatz schweifen und suchte nach einem roten VW. Da ich keinen sah und Uwe von außerhalb kam, schrieb ich eine SMS zurück.

„Bin am vereinbarten Treffpunkt und warte." Ich hatte eben die SMS abgeschickt, als ein kleiner Mann hinter einer Werbetafel hervortrat und fragte: „Regina, bist Du es?"

Ich war baff. Vor mir stand Uwe, kleiner als ich, kurze graue Haare und ein Dreitagebart. Die Schuhe hatten schon lange keine Farbe mehr gesehen. Die Hose war fleckig und hätte garantiert allein stehen können, genauso wie sein großkariertes Hemd.

Ich fragte ihn, wo denn das rote Auto sei und erfuhr, dass

er mit einem kleinen grauen Auto gekommen ist. Auf meine Frage, warum er mir dann von einem roten Auto erzählt habe, meinte er nur, dass er sich öfter mit Frauen verabredet hätte. Und wenn sie ihn im grauen Auto haben kommen sehen, wären sie sofort wieder abgefahren.

Da ich nun mal anständig erzogen worden bin, hielt ich tapfer durch und trank mit ihm im Einkaufszentrum einen Kaffee. Dabei erfuhr ich, dass er keine Arbeit hatte und kurzfristig eine PC-Schulung mitmacht. Sein Lehrer habe sich gefreut, wie schön er die Tasten bedienen könne. Mir reichte es. Ich verabschiedete mich und ging einkaufen.

Kaum war ich zu Hause, da piepste mein Telefon: eine SMS von Uwe. Auf dem Display stand: „Alles Gute und Du bist nicht mein Fall." Eine Frau lernt eben nie aus. Es beginnt beim Mann schon mit der Farbe des Autos.

Die Fahrt nach Tirol

Ein altes Sprichwort sagt: „Wenn einer eine Reise tut, dann kann er was erzählen." So ist es wirklich. Jedes Jahr unternehmen Waltraud und ich heutzutage eine Reise. Vor Jahren mussten wir unsere freie Zeit noch auf dem Rübenacker verbringen. Jetzt, wo meine Ehefrau und ich – der Hugo - langsam alt werden, wollen wir noch etwas von der Welt sehen.

So war eines Tages Tirol unser Ziel und der Bus stoppend voll. Alles Cochstedter. Das hatte den Vorteil, man musste sich nicht lange beschnuppern. Es ging nach Hinter-Thiersee in Tirol. Herrliche Gegend!

In dem Bus gab es alles. Kaffee, Würstchen, alle

Getränke und sogar kleine Spaßmacher. Eine Toilette war auch da. So erreichten wir unser Ziel lustig und wohlbehalten.

Während der Fahrt aber war vom langen Sitzen der Reißverschluss meiner Hose kaputt gegangen. Deshalb zog ich den Pullover darüber. Somit fiel das Malheur nicht auf.

Waltraud hatte ja zum Glück noch eine Hose eingepackt. Dabei hatten wir uns zuhause wegen des Koffers schon gestritten. Was da alles mitgenommen wurde. Man konnte es nicht glauben.

In Thiersee angekommen, bekam jeder seinen Schlüssel und ging zuerst einmal in sein Zimmer und raus auf den Balkon. Viele konnten sich von dort fröhlich zuwinken.

Am anderen Morgen hatte ich ein Problem. Ich suchte mein Zahnputzzeug. Die ganze Tasche war voller Parfümflaschen. Ganz unten fand ich eine Tube. Ich las: Kukident. Davon drückte ich einen Batzen auf die Bürste. Den Mund auf und rein damit. Nach einigen Schrubbbewegungen ging plötzlich nichts mehr. Der Schaum hatte sich verfestigt. Steinhart war er geworden. Die Tube lag noch vor mir. Kukident Superhaftcreme. Das Zeug hatte ich noch nie genommen. Aber auf so eine Fahrt muss es mit. Nun bekam ich keine Luft mehr. Es half nur eins: das Gebiss raus, bevor es noch ganz und gar hart wurde. Just in dem Moment stand Waltraud fix und fertig angezogen in der Badetür und fragte: „Wie weit bist du denn?" Ich presste mühsam hervor: „Es hätte nicht viel gefehlt und ich wäre erstickt!" Wir schauten uns an und lachten Tränen.

Jeden Abend erwartete uns eine andere Veranstaltung. Da wir uns in Tirol befanden, war selbstverständlich auch ein Jodlerwettbewerb angesetzt. Jeder konnte daran teilnehmen. Aber was sollten wir Flachlandtiroler schon für Chancen haben?

Unsere Gruppe beschloss, ich sollte jodeln. Nun habe ich in meinem Leben schon vieles gemacht, aber gejodelt hatte ich noch nie. Der Abend kam näher. Der Saal war sehr voll. Da bekam ich bereits die ersten Manschetten. Ich hielt mich bis zuletzt zurück, aber dann grölten die Cochstedter Fans: „Hugo, Hugo!" Da konnte ich nicht anders und ging nach vorn. Alle waren aufgestanden. Vier Frauen und sechs Männer. Eine Jury war auch anwesend. Ich war an dritter Stelle vorgesehen. Rechts und links neben mir standen jeweils zwei Frauen. So war ich gut aufgehoben. In der Nähe stand eine Musikgruppe. Das Mikrofon wurde vom Kapellmeister nach vorn gebracht. Jeder musste seinen Namen nennen und wo er her kam. Ich habe laut in das Mikrofon gebrüllt: „Ich bin der Hugo, komme aus Cochstedt, aus der ehemaligen DDR." Daraufhin hatten alle im Saal gelacht. Die anderen kamen aus Finnland und Finsterwalde. Aus Russland war auch jemand da. Also international. Jetzt ging es los.

Die Kapelle spielte das allseits bekannte Kufsteinlied. Wenn die Kapelle aussetzte mussten wir jodeln, aber jeder allein.

Die Frau aus Finnland jodelte wie eine trächtige Lerche. Nach einigen Jodeltönen wurde sie langsamer und gab schließlich auf. Die Zweite kam aus Finsterwalde und fing so hoch an, dass sie nicht höher kam und hörte auf. Jetzt war ich an der Reihe. Meine Kehle war total trocken, und ich wollte noch einen Schluck Wasser haben, aber es war schon zu spät. Mir wurde das Mikrofon in die Hand gedrückt und die Kapelle begann zu spielen.
War ich aufgeregt, fast hätte ich den Einsatz verpasst. Nach einigen unsicheren Tönen jodelte ich, was das

Zeug hielt. Ich war gar nicht mehr zu bremsen.
Aus der Ecke, in der die Cochstedter saßen, brandete der Beifall auf, und der ganze Saal stimmte mit ein.

Bis jetzt war ich der Favorit. Die beiden Frauen links von mir wollten zusammen jodeln. Die Jury stimmte zu. Es war jämmerlich. Die Kapelle hob mehrfach an zu spielen, aber die Frauen bekamen keinen Ton heraus. Also waren auch sie raus aus der Wertung. Danach kam ein Mann aus Finnland an die Reihe. Er muss den Ansager nicht richtig verstanden haben. Bevor die Kapelle einsetzte, machte er einen Feixtanz und grölte auf Finnisch. Der Letzte verhielt sich sehr ruhig. Er sah aus wie Ivan Rebroff. Als er einige Töne gejodelt hatte, sah ich meine Felle schon davon schwimmen. Er war Profi, spielte in einer Musikgruppe und sang im Chor mit.

Er belegte schließlich auch den 1. Platz und ich Platz 2. Eine Flasche Wein und ein Diplom als Jodler waren der Preis. Nun stehe ich mit unserem Doktor Schmidtke auf einer Stufe. Auf seinem Praxis-Schild steht „Diplom med" und bei mir „Diplom jod". Die Flasche Wein wurde umgehend vernascht. Dazu noch einige Bier und schon war die Orientierung etwas durcheinander. Als wir gegen Mitternacht in unsere Zimmer gehen wollten, war es dann passiert. Die Veranstaltungen fanden zwar alle in dem Hotel statt, in dem wir auch geschlafen haben. Aber zum Essen mussten wir durch einen Tunnel in ein anderes Hotel gehen. Da müssen wir an diesem Abend irgend etwas verwechselt haben.

Als wir mit unserem Lift nach oben in den 3. Stock fahren wollten, waren nur zwei Etagen ausgewiesen. Wir haben gedacht, egal, die letzte Etage gehen wir zu Fuß. Eines fiel mir noch auf. Da stand statt „Lift" auf einmal „Aufzug" an der Wand geschrieben. Als wir oben ankamen und die Tür aufging, sah auch noch alles fremd aus.

Wir hatten die Zimmernummer 656. Hier aber gingen die Zimmer nur bis Nummer 300.
Jetzt wurde es unheimlich. Alle sechs gingen wir zurück zum Aufzug und fuhren wieder hinunter. Nun war guter Rat teuer. Wir waren völlig falsch. Es war mir alles zu viel. Noch einmal fuhr ich bis unter das Dach, aber wieder vergebens. Unsere Zimmer haben wir nicht gefunden. Erneut unten angekommen, waren die anderen verschwunden. Ich war
allein in der Fremde. Nun nahm ich meine Hände wie einen Trichter vor den Mund und rief: „Hallo, hallo?" Das Echo kam zurück, aber niemand antwortete. Vor Angst standen mir die Schweißperlen auf der Stirn.

Kurzentschlossen ging ich noch einmal den Weg zurück in den Saal. Dort fand ich die Antwort. Wir waren mit dem Aufzug statt Lift gefahren und hatten uns verirrt. Nebenan stand ein Lift und ich fuhr damit nach oben.

Gott sei Dank warteten meine Freunde dort auf mich. Ein Stein fiel mir vom Herzen.

Sommerurlaub

In den Sommerferien fuhren mein Mann, meine Tochter und ich in die Nähe von Berlin. Urlaub war angesagt. Der kleine Ort lag direkt am See, in eine Art Ferienlager. In der Mitte auf einer Rasenfläche stand eine Fahnenstange. Rings herum standen Bungalows mit Doppelstockbetten.

Die Gegend war herrlich, schön ruhig und dieser große See vor der Tür. Wer wollte, konnte ihn mit Paddelbooten erkunden. Kostenlos. Ich war neugierig und wollte es ausprobieren.

Meine kleine Tochter hingegen war etwas skeptisch. In ein größeres Paddelboot konnte man leichter einsteigen. Mein Mann hielt das Boot fest, während ich vorn einstieg. Nadine setzte sich in die Mitte auf eine Decke. Sie konnte kaum über den Bootsrand sehen. Zuletzt stieg mein Mann ein und los ging es.

Mir gefiel die Paddelei auf dem See. Unterwegs begegneten wir anderen Booten. Einfach toll. Nach einer Weile jammerte mein Mann. Er hatte Blasen an den Händen und wollte zurück. Naja, es war Kaffeezeit. Nach einer kleinen Pause planschte Nadine fröhlich im Wasser, und ich las am Strand in einem Buch.

Mein Mann wollte unbedingt mit einem Einer auf den See. Obwohl mehrere Männer ihn davon abgeraten hatten und sagten, dass es nicht einfach ist, stratzte er los.

Hoch erhobenen Hauptes zog er das Boot in den See und verschwand damit hinter dem Schilf. Es sollte wahrscheinlich niemand sehen, wie er einstieg.
Eine Weile war es ruhig und plötzlich hörte ich ein Klatsch, Bumm, Peng.

Als ich meinen Mann entdeckte, musste ich laut lachen und konnte mich nicht mehr einkriegen. Er war klatschnass und hatte Schilf auf dem Kopf. Offensichtlich war er bei dem Versuch ins Boot zu steigen umgekippt.
Während ich lauthals lachte, kam er wutentbrannt auf mich zugerannt.

Am Abend hatte sich seine Stimmung etwas gebessert. Ein Dorffest war angesagt. Wir freuten uns auf diese Abwechslung. So gab es Geflügelausstellungen, einige

Spiele für Kinder und auch Sportveranstaltungen mit Preisen. Ich war schon immer gern sportlich aktiv. So freute ich mich, als ich sah, dass es auch einen Kegelwettbewerb gab.

Mein Mann warnte mich und sagte: „Nicht, dass Du wieder irgendetwas gewinnst."
„Hmm, ja, ja", sagte ich schnell. Ich wollte nur Spaß haben. Und es kam, wie es kommen musste. Ich gewann beim Kegelwettbewerb einen Preis. Als ich den sah, überkam mich ein Grauen. Wie sollte ich das meinem Mann beibringen. Ich hatte ein Schaf gewonnen.

Freudestrahlend hatte ich es überreicht bekommen. Ganz nebenbei wurde ich gefragt, ob ich das Tier zur Zucht verwenden wolle. Nadine fand den Preis toll, im Gegensatz zu meinem Mann. Da konnte ich mir natürlich so etwas anhören, wie „was habe ich Dir gesagt? Habe ich Dich nicht gewarnt?" Naja, was sollte es?

Wir nahmen das Schaf erst einmal mit und pflockten es am Fahnenmast an. Da war es an der frischen Luft und zu fressen hatte es auch. Wir konnten es ja schlecht mit in den Bungalow nehmen.

Nachts war nicht an Schlaf zu denken. Es machte ständig „mäh, mäh, mäh."
Ich überlegte mir, was wir tun sollten. Kurz entschlossen ging ich zur Gemeindeverwaltung und verschenkte das Schaf an einen Kinderzoo. Dort war es gut aufgehoben und die Kinder hatten viel Spaß damit.

Noch lange danach bekam ich immer von meinem Mann dumme Kommentare zu Verlosungen oder Wettbewerben zu hören.

Weihnachtskarpfen

Weihnachten stand vor der Tür und bei meinen Schwiegereltern wieder „Karpfen blau" auf dem Speiseplan. Einige Tage vor den Festtagen lotste meine Schwiegermutter uns in ein Fischgeschäft am Markt. In einem großen Wasserbehälter schwammen munter viele Fische umher.

Ein großer Karpfen musste her. Es war gar nicht so einfach, in dem Getümmel einen bestimmten strammen Fisch heraus zu suchen. Meine Schwiegermutter meinte nach einer Weile resolut zur Verkäuferin: „ Bitte den großen Fisch in der Mitte betäuben und einpacken." Wortlos nahm die Verkäuferin den Kescher und versuchte, den bestimmten Karpfen aus dem Wasser zu fischen, was sich als nicht so einfach erwies.

Endlich lag er zappelnd im Netz und wurde hinter den Vorhang getragen. Manchmal hörten wir es klatschen. Wir vermuteten einen Kampf zwischen Mensch und Fisch.

Schweißüberströmt kam die Dame mit einer Tüte wieder nach vorn und legte diese auf die Waage. Ein stolzer Preis war das Ergebnis. Die Tüte mit seinem glitschigen Inhalt wurde über die Verkaufstheke gereicht. Meine Schwiegermutter griff zu und plötzlich....

Sie erschrak so sehr, dass sie die Tüte losließ und der Fisch durch die gesamte Filiale schleuderte. Alle Leute gingen in Deckung. Im Verkaufsraum versuchte sie, zwischen den anderen Kunden die hüpfende Tüte einzufangen. Der Karpfen ergriff die Gelegenheit und die Flucht ins Freie.

Nach einigen Metern auf der Straße konnte das Weihnachtsessen eingefangen werden.
Manchmal muss ich heute noch schmunzeln, wenn ich an dem Fischladen am Markt vorüber gehe.

Kräuterbällchen

Oft nehme ich an Veranstaltungen teil. Nun dachte ich mir: „Nimm einmal deine Freundin Andrea mit." Es macht natürlich mehr Spaß, wenn Freunde dabei sind. Im Gegensatz zu mir war es für Andrea ein großes Ereignis.

Die Veranstaltung fand abends in einem Kulturzentrum statt. Auf der Einladung stand „Flying Buffet". Weil Andrea kein Englisch konnte, erklärte ich ihr, was das bedeutet. Ich sagte: „Es wird nicht mit Essen geworfen, und du machst bitte alles, was ich dir sage."
„Ja, ja", bekam ich zur Antwort.

Gegen 19 Uhr waren wir am Kulturzentrum, parkten das Auto und gingen hinein. Es waren viele Gäste anwesend. Die meisten Personen kannten wir nicht. Im Saal standen nur Tische mit Dipps, Karottenstäbchen und Sellerie. Andrea sah das Essen an und meinte:
„Ich habe extra nichts zu Mittag gegessen und habe Hunger." Andreas Magen knurrte hörbar. Es war peinlich. Einige Gäste in der Nähe schauten sich bereits um, woher das Geräusch kam. An den Stehtischen versammelten sich die Leute. Da wir beide Schmerzen in den Knien hatten, fiel uns das Stehen schwer, und wir gingen nicht viel.

Nach einer Weile zog ein herrlicher Duft durch den Raum. Wir ließen den Blick hoffnungsvoll durch den Saal gleiten und sahen einen Kellner mit einem Tablett. Darauf lagen leckere Kräuterbällchen aufgereiht. Der Ober musste irgendwie Andreas hungrige Augen bemerkt haben und kam an unseren Tisch.

Was dann kam, machte mich sprachlos. Bevor ich etwas unternehmen konnte, schaufelte Andrea das Tablett

komplett leer. Das konnte nicht wahr sein. Aber Andrea war satt.
Bevor wir nach Hause fuhren, ging ich kurz eine Etage tiefer zur Toilette. Dort befand sich ein gemütlicher Saal mit Sitzplätzen. Es gab lecker belegte Schnittchen.

Also sagte ich einer der feilbietenden Damen, dass oben eine sehr hungrige Frau stehe, welche gern etwas Herzhaftes essen wolle. Umgehend stiefelte die Bedienung mit einem Tablett voller Leckereien nach oben. Was wohl Andrea gesagt hatte? Hauptsache sie war satt und glücklich, wenn wir zurück fahren würden.

Alles in allem war es ein interessanter Abend. Gern nehme ich Andrea wieder mit.
Nun weiß sie aber, dass es besser ist, wenn Frau noch vor einer Veranstaltung etwas isst.

Komische Oper

Vor einiger Zeit gab es sogenannte Brigadeausflüge. Die waren gar nicht so schlecht und sollten die Zusammenarbeit fördern. Eines Tages planten wir eine Busfahrt nach Leipzig in die Komische Oper.

Gegen Abend kamen wir hungrig in Leipzig an. Der Bus hielt vor dem Interhotel und wir hofften, dass wir drinnen etwas zu essen bekommen. Die Hotelgäste waren alle chic angezogen. Die Businsassen stürmten das Hotel und fanden auch Plätze, auch ohne Vorbestellung.

Unsere Kollegin Bärbel aber tat immer gern etwas vornehm. Kaum saßen wir an den Tischen, kam auch schon der Kellner und wollte unsere Bestellungen aufnehmen. Fast alle wussten, was sie essen wollten. Die Ausnahme war Bärbel. Sie wählte ein Ala-Card-Essen aus. Da waren wir natürlich gespannt, was gebracht werden würde. Als der Kellner fragte, ob sie das wirklich bestellen möchte, meinte sie schnippisch: „Glauben Sie, ich kenne mich nicht aus?" Daraufhin ging der Kellner in Richtung Küche. Nach und nach kam unser Essen. Nur Bärbel musste warten. Langsam wurden wir neugierig, was sie bestellt hatte.

Als wir gegessen hatten, kam der Kellner mit einem Tablett, darauf ein Teller abgedeckt mit einer silbernen Glocke. Er konnte ein Schmunzeln nicht unterdrücken. Alle Blicke richteten sich auf das Essen. Die Glocke wurde langsam angehoben und wir brachen alle in schallendes Lachen aus. Nur Bärbel nicht. Das Ala-Card-Essen entpuppte sich als „Hirn in Aspik". Nun verstanden wir die Frage des Kellners.
Während wir anderen schon lange satt waren, bekam Bärbel keinen Bissen runter. Schließlich nahm der

Kellner das Essen wieder mit.

Nach der Stärkung fuhren wir zur Komischen Oper. Es wurde der „Freischütz" gegeben. Wir hatten gute Plätze auf dem Balkon. Zu Beginn verlief alles normal. Dann aber kam eine Szene, welche im Wald spielte. Auf der Bühne waren zwei Hochstände aufgebaut, auf denen jeweils ein Jäger mit einem Gewehr stand und ins Publikum zielte.

Als es knallte, kreischte im Saal plötzlich eine Frau laut auf. Auf der Bühne wurden Papp-Eber über die Bühne gezogen. Die Jagdgehilfen sollten über die Bühne rennen. Irgendwie hatte ein Jäger die Richtung verpeilt. Wahrscheinlich geblendet, stolperte er rücklings über einen der Papp-Wildschweine. Kurz darauf lag er der Länge nach auf der Bühne.
Alles lachte, und ich konnte mich nicht mehr beruhigen.

Auch auf der Rückfahrt im Bus wurde über diesen Tag noch herzhaft gelacht.

Die Werbefahrt

Es war kurz nach der Wende. Fast jeden Tag fand man Unmengen an Reklamezetteln und Einladungen zu Werbefahrten im Briefkasten.

Da konnte man in die schönsten Gegenden von Deutschland fahren und das für wenig Geld. Ja, es gab sogar noch etwas dazu, wenn man mitfuhr. Zum Beispiel ein großes Geschenk für ein Ehepaar. Kaum war Frühling, da flatterte uns eine solche Einladung ins Haus.

Auf den Himmelfahrtstag mussten wir Männer zu DDR-Zeiten ja verzichten. Unseren Männertag konnten wir nur richtig feiern, wenn wir uns einen Tag Urlaub ab knapsten.

Meine Frau wollte mir eine Freude machen und zwei Fliegen mit einer Klappe schlagen, Da hatte sie mich besser unter der Fuchtel.

Also meldeten wir uns beide für die Fahrt an und nahmen auch noch unseren Schwiegersohn sowie den Enkel mit. In Gedanken sah ich schon die vielen Geschenke, die es geben sollte. Am Himmelfahrtstag standen wir vier pünktlich an der Bushaltestelle. Aus dem Ort kamen noch fünfzehn Personen dazu. Es dauerte nicht lange, da war der Bus voll.

Erwartungsvoll fuhren wir nun in Richtung Westen. Als wir an der ehemaligen Grenze ankamen, wurden Gefühle wach, die man nicht richtig beschreiben kann. Das Zusammenkommen war so friedlich verlaufen und jeder konnte jetzt ohne Kontrollen einfach hin- und herfahren. Einfach so.

Als wir eine Stunde gefahren waren, trauten wir unseren Augen nicht. Der Bus bog in einen Feldweg ein. Ich bekam schon Manschetten, dachte an Entführung oder so etwas.
Die Zeitungen waren neuerdings ja voll von solchen Ereignissen. Auf einmal kam ein rotes Gehöft zum Vorschein.

Mitten auf dem Acker hielt der Bus an. Wir standen vor einem Kloster mit Sägewerk, wie sich dann heraus stellte. Alle vermuteten, dass wir uns das ansehen sollten, denn ein richtiges Kloster hatten wir in der DDR noch nicht besucht. Als wir alle draußen standen, rief einer plötzlich: „Halt, hier entlang! Hier geht es hinein!"

Damit war das rote Gebäude gemeint, welches wie ein Stall aussah. Als wir drinnen standen, waren an den Wänden Ringe, wo früher Kühe und Ochsen befestigt

waren.
Wir waren nicht allein. Nach und nach kamen noch weitere Busse mit Insassen.
Jetzt konnte es losgehen.

In einer Ecke saßen sechs gut angezogene Damen und Herren. Einer der Männer begrüßte uns wortgewandt und erklärte, worum es eigentlich ging, um Lama-Bettdecken. Das sei jetzt der größte Hit. Da wären nicht nur Lamahaare drin, sondern auch Magnetstreifen, die gegen Krankheiten helfen sollen. Kein Rheuma und keine Gelenkschmerzen mehr. Kopfschmerzen und Schlaflosigkeit gehörten dann der Vergangenheit an. Alles weg.
Unsere schönen Federbetten waren auf einmal nicht mehr modern.
Alle hörten erst einmal skeptisch zu. Als der erste Redner sein Pulver verschossen hatte und uns nicht so richtig überzeugen konnte, kam der Zweite dran.

Dieser brachte ein Vorführapparat in Stellung. Dann fragte er uns, wie lange wir gewöhnlich unsere Unterwäsche tragen würden. Ich dachte so bei mir: „Was geht den das an?" Mich hat er dann gefragt, wie oft ich in der Woche mein Held wechsle. Ich antwortete: „Ein oder zweimal. Je nachdem, wie dreckig oder verschmutzt es wäre." Jetzt wurde er laut und sagte: „Hört, hört! Zweimal das Hemd in der Woche und die Steppdecken zu Hause nur einmal in zwanzig Jahren!"Nun ging der Vorführapparat an.

Wir erfuhren, was sich so alles in unseren Federbetten abspielt. Mir und meiner Frau verschlug es die Sprache. In unseren schönen Betten krabbelten Viecher umher und in der Vergrößerung sahen sie aus wie riesige Käfer.

Ich schaute meine Frau an, wir waren uns einig, diese

Lamadecken nehmen wir mit.
Damit nicht genug. Jetzt erzählte er, was die Betten alles für Vorteile hätten. Er könnte die Leute nur als Schweine bezeichnen, die heute noch mit Steppdecken schlafen würden, weil man die nicht reinigen könne.

Nun meinte er, wer jetzt Lamabetten kaufen will, soll nach vorn kommen und den Vertrag unterschreiben. Er könne aber nicht garantieren, dass alle, die Betten haben wollen, auch welche bekommen könnten, denn so viele wären nicht da.

Na, da war was los! Bei manchen flog der Stuhl nach hinten, weil sie so rasch gestartet waren, um als erste nach vorn zu kommen. Meine Frau, flink wie sie ist, war gleich mit vorn dran. Wer zwei Betten kaufte, bekam noch eines dazu. Jetzt hatten wir drei Betten für das gleiche Geld.

Nun kam der dritte Redner an die Reihe. Wir waren gespannt, was er zu sagen hätte.
Vielleicht konnten wir noch ein weiteres Schnäppchen mit nach Hause nehmen.
Jetzt konnten wir auch noch Geld günstig anlegen, zum Beispiel in einen wunderbaren Besteckkasten. Er klappte den Kasten auf. Alle Wetter, da funkelte reines Gold. 72 Teile und nur für 400 Mark. „Das ist halb geschenkt", meinte der gute Mann. Freilich, das war etwas für unsere Kinder. Nichts wie hin. Das wurde gekauft!

Nun war Mittagstisch. Das Essen war im Fahrpreis enthalten. Nebenbei hatte man noch eine große Tafel aufgebaut. Da konnte man Selbstgeschlachtetes kaufen.
Original Braunschweiger Wurst. Die sah appetitlich aus.
Natürlich auch eine Tasche voll gekauft.

Nun kam der vierte Redner dran. Der begrüßte uns mit: „Hallo Magdeburger!" Er stamme selbst aus Magdeburg und könne verstehen, wie es uns jetzt geht. Der hatte schon gewonnen. Er würde auch nur danach bezahlt werden, was von uns gekauft würde. Wir sollten uns bedienen. Es wäre bestimmt die Sache wert.

Aus Solidarität haben wir ein Massagekissen gekauft. Für nur 200,- Mark. Für jedes Stück, das wir gekauft haben, bekamen wir noch ein Geschenk dazu.

Als die Werbeveranstaltung vorüber war, ging schon die Sonne unter.

Ganze sechs Stunden waren wir bearbeitet worden. Wir waren froh, dass wir die gekauften und geschenkten Sachen beim Busfahrer entgegen nehmen konnten, denn Bewegung war eine Erholung. Aber es gab noch eine Überraschung: ein Einkaufsbummel in Hannover. Dort angekommen waren die Geschäft wegen des Himmelfahrttages geschlossen. Gut so, denn viel Geld hatten wir nicht mehr.

Das Einzige, was noch geöffnet war, war ein Café. Das befand sich zehn Stockwerke hoch. So haben wir noch etwas von Hannover gesehen, wenn auch nur von oben. Ein Fahrstuhl hatte uns hoch gebracht. Bewegung war also bis zuletzt Mangelware. Bargeld allerdings auch. Es reichte für ein Kännchen Kaffee und zwei Stück Kuchen.

Das Kännchen kostete so viel, wie bei uns zu Hause eine ganze Kanne. Na gut, es war ja Herrentag. Wir kratzten das Geld zusammen und bezahlten. Danach wollten wir nach Hause.

Wir waren die Letzten, die der Busfahrer ablieferte. Wir kramten unsere Sachen aus dem Bus und stapelten alles auf dem Fußweg. Als der Bus losfuhr, standen wir reichlich hilflos da. Ein riesiger Berg Ware lag vor uns Ausflüglern. Wir konnten uns alle dahinter verstecken. Schnell ging ich nach Hause und holte einen Handwagen. Mit zwei Fuhren hatten wir alles fortgeschafft. Ein Glück, dass es dunkel war. Kaum einer hatte uns gesehen. Für uns stand jedenfalls fest, nie wieder eine Werbefahrt!

Falscher Hase

Einige kennen vielleicht den „Falschen Hasen" unter dem Begriff „gefüllten Hackbraten".
Als ich klein war, stand er oft auf dem Speiseplan, und ich freute mich immer über das Ei in der Mitte. Früher musste ich oft für die Familie kochen. Heute bin ich Hobbyköchin aus Leidenschaft und mag es gern deftig.

Das Hackfleisch wird bei diesem Gericht gewürzt und wie ein Brotlaib geformt. In dem falschen Hasen sind dann einfach nur ein oder zwei gekochte Eier eingewickelt.
Meine Freundin kannte so etwas wahrscheinlich nicht.

Eines Abends klingelte bei mir zu Hause das Telefon. Angela war am Telefon. Sie sah sich gerade eine Kochsendung an, in der „falscher Hase" gemacht wurde. Leider hatte sie zu spät eingeschaltet und verpasste dadurch einiges.

Total aufgedreht fragte sie mich: „Kennst Du ‚falschen Hasen'?" Ich antwortete verblüfft: „Ja, warum?" Aufgeregt erzählte sie mir: „Stell dir vor, da sind Eier drin". Ich musste schmunzeln. „Wie kommen die Eier dort hinein?" Ich dachte, ich höre nicht richtig.
Scherzhaft sagte ich ihr: „ Es werden rohe Eier mit dem schmalen Ende seitlich in das Hackfleisch geschossen und dann gebraten. Die Schalen werden weich gekocht

und wegen des Kalkgehaltes gegessen."

Ich stellte es mir vor und krümmte mich schon in Gedanken vor lauter Lachen auf meinem Sofa, biss ins Sofakissen. Ich bemerkte am Telefon, wie Angela stutzte. Sie wusste nicht, ob es die Wahrheit oder nur ein Scherz war.

Eine Woche später stand bei mir „falscher Hase" auf dem Speiseplan. Also schnitt ich zwei große Stücke mit Ei ab, tat Soße hinzu und fror es für Angela ein.

Die ABM

Gemeint ist nicht „Arbeit bis Mittag", sondern Arbeitsbeschaffungsmaßnahme. Die Gruppe von Marie und Carola bestand aus einigen Frauen und einem jungen Mann namens Pope. Er hatte ungepflegte Zähne und die Arbeit auch nicht erfunden.

Die Truppe sollte den Goldbach von Gestrüpp und Unkraut befreien. Also wurden Geräte in die Schubkarren gelegt und gemeinsam ging es in Richtung Schneidlingen.

Alle marschierten auf einem schmalen Weg entlang. Links war der Bach und rechts befand sich ein eingezäuntes Privatgrundstück mit vielen Obstbäumen. Offensichtlich wurden auf dem Grundstück auch Pferde gehalten.

Während die Frauen fleißig waren, bummelte Pepe langsam vor sich hin und rief immer „Pferd, Pferd".
Marie und Carola bekamen es mit und riefen: „Lass das. Irgendwann kommt das Pferd!" Aber Pepe hörte nicht und machte einfach weiter.

Die beiden Frauen bildeten das Schlusslicht der Truppe, um für Sicherheit zu sorgen. Plötzlich hörten sie Getrappel. Kurz darauf schrie Pepe . Er rannte voller Panik auf die Frauen zu und rief immer: „Das Pferd kommt."
„Pepe, bleib stehen!", schrie Carola, aber nichts half. Selbst als das Pferd schon hinter dem Zaun stehen geblieben war, rannte Pepe weiter und die beiden Frauen fast um.

Die konnten sich nur durch einen Hechtsprung zur Seite retten. Pepe rannte und rannte und verlor dabei sogar seine Gummistiefel.

Einige Stunden später traf Pepe in der Gemeinschaftsunterkunft ein.

Oben hui und unten ....

Ab und an höre ich lustige oder kuriose Geschichten. Diese hier ist so eine.
Eine Freundin erzählte einer anderen folgende Geschichte:

Beim Kaffee unterhielten sich zwei Mädchen. Plötzlich steht eines auf und geht zur Toilette. Nach einiger Zeit kommt es wieder zurück. Der Kaffee ist ausgetrunken, beide verlassen das Café. Danach bummeln sie noch zwei Stunden durch die Geschäfte. Als sie anschließend mit dem Auto nach Hause fahren, fängt das eine Mädchen plötzlich an
zu lachen. Erstaunt schaut sie ihre Freundin an und traut ihren Ohren nicht. Das Mädchen erzählt, dass ihr im Café ein Pups entfleucht war und eine Spur im Slip hinterlassen hatte.
Weil sie nun aber einen Rock trägt, hatte sie das Höschen ausgezogen, es ausgewaschen und anschließend in die Handtasche gesteckt.

„Was?", fragt die Freundin verdattert, „du bist ohne Hose einkaufen gegangen?" Unberührt meint die andere: „Ja, und hier kannst Du anhalten. Da steht mein Fahrrad. Damit fahre ich weiter. „Es sieht ja keiner!"

Was dem einen recht ist....

Lorenz und Marita führten schon viele Jahre eine Ehe. Beide fühlten sich wohl. Jeder hatte seinen Freiraum.

Nur eines wurmte Marita. Sobald Lorenz einen kurzen Rock oder eine gute Figur auf der Straße sah, flippte er aus. Es war ein regelrechter Zwang, bewundernde Blicke hinterher zu werfen.

Marita war dies unangenehm. Immer wenn sie darüber sprachen, lachte er nur und sagte: „Ja, dich habe ich jeden Tag. Du bist wunderschön, aber andere eben auch."
Eines Tages passierte es. Sie fuhren in einem Auto und hielten an einem Fußgängerüberweg an. Wie die Menschen so über die Straße liefen, findet Marita plötzlich die Gelegenheit, es ihrem Lorenz

heimzuzahlen.

Sie schaute einem gut gebauten jungen Mann hinterher und sagte: „Oh Mann, was für eine Sahneschnitte." Lorenz sah sie erstaunt an und dachte, sie hätte Hunger. Aber ihr Blick und die Richtung, in welche sie sah, belehrten ihn eines Besseren.

Triumphierend schaute sie ihn an. Er sah still auf die Ampel. Als sie Grün anzeigte, fuhr er los. Es war ganz still im Auto. Nach einer Weile sagte Lorenz: „Ja, ich habe verstanden. Was dem einen recht ist, ist dem anderen billig."

Räuber

Zur Familie Köhler gehörten Vater, Mutter, Sohn, Tochter und ein Terrier namens „Räuber".
Im Einfamilienhaus und in dem großen Garten gab es viel zu tun. Die Kinder waren gern mit Freunden unterwegs.

So war Räuber oft allein. Er liebte seine Zweibeiner und war ein braver, fröhlicher und beliebter Zeitgenosse, der sich überall frei bewegen durfte.

Doch in letzter Zeit geschahen merkwürdige Dinge. Vater vermisste seine Zeitungen, Mutter ihre roten Sandalen. Sohn Paul suchte einen Turnschuh, und Tochter Sabrina konnte ihre Puppe nicht finden. Die Sachen waren einfach weg.
Eines Tages sagte sich Besuch an. Oma und Opa wollten zwei Tage bleiben. Räuber freute sich riesig über diese Abwechslung. Es gab Spaziergänge im Wald, viele Streicheleinheiten für Räuber und Kartenspiele abends mit der ganzen Familie.
So gingen alle zufrieden ins Bett.

Am Morgen hörte Sabrina Geschrei aus dem Bad:
„Auweia, was ist denn das...!"

Opa hatte das Glas in der Hand, in das er abends sein Gebiss hineingelegt hatte. Das Glas war leer. Er schaute erstaunt in die Gesichter, welche sich an der Badezimmertür drängelten.

„ Mmmmm", sprach der Vater. „Jetzt wird mir das zu komisch. Wo ist eigentlich Räuber?"
„Na, im Garten", meinte Paul.

Der Vater schlich dorthin. Ganz leise aus der hintersten Ecke hörte er ein Kratzen und Knurren. Er bog noch einen Zweig vom Kirschbaum zur Seite. Dann sah er den Hund.
Bis zur Hälfte im Erdreich verschwunden grub das Tier mit den Pfoten in einem Loch.
Dabei knurrte und fauchte es.

Langsam schlich Papa Köhler näher und schaute sich um. Viele kleine Erdhaufen bedeckten den Boden. Manche waren schon mit Unkraut bewachsen. Bei anderen war die Erde ausgetrocknet. Langsam dämmerte es ihm. „Räuber", erklang seine barsche Stimme und der Gerufene schaute ihn mit treuseligem Blick an.
Was ist denn das? Inzwischen waren auch alle anderen Familienmitglieder angekommen.
Paul holte einen Spaten und die lustige Suche begann.

In jedem Erdhaufen fanden sich Dinge wieder, die schon lange vermisst wurden. Zeitungen waren noch zur Rolle zusammengelegt und auch die Püppi war wieder aufgetaucht. Das Gebiss entdeckten sie im letzten Haufen Erst nach ausgiebiger Reinigung konnte es wieder benutzt werden.

Alle waren sich einig. Räuber brauchte Beschäftigung. Wenn nicht, dann würde er wohl seinem Namen weiter alle Ehre machen.

Fantasie

Im Gespräch mit meiner 5-jährigen Enkeltochter erfuhr ich eines Tages, dass ihre Babypuppe weder Kleidchen noch Pulli zum Anziehen hat. Wir suchten und fanden aber doch einige Puppensachen. Es wurde probiert, was passte.

Nach einer Weile meinte die Puppenmutti, dass ihr Kindchen nun schlafen müsse.

Mir fiel ein, dass meine Enkeltochter Probleme mit dem Mittagsschlaf hatte und fragte sie, ob sie wüsste, warum ein Baby schlafen soll. Sie darauf: „Damit das Kind wächst und groß wird."

Also bekam die Püppi Nachtzeug an und wurde zum Schlafen hingelegt.

Meine Enkelin lief ins Kinderzimmer und kam von dort mit einem Röckchen wieder zurück. „Das passt mir nicht mehr", meinte sie, „aber wir können es aufheben, bis die

Püppi gewachsen ist."

Ja, so verschmelzen Fantasie und Wirklichkeit. Wir Erwachsenen merken oft nicht, wie leicht die Erziehung unserer Kinder ist, wenn wir diesen Fakt öfter beachten würden.

Verlaufen

Es war Sommer. Meine Familie und ich wollten in unserem Urlaub einen ganzen Tag im Wald wandern. Wir hatten uns ausreichend informiert. Es hieß, alles würde gut ausgeschildert sein. Man bräuchte sich nur an die Zeichen halten, die an Bäumen angebracht waren.

Wir liefen also los mit Getränken und einem kleinen Imbiss im Gepäck.
Die Sonne schien und die Vögel zwitscherten.

Es ging bergauf und bergab. Immer dem roten Dreieck an den Bäumen nach. Wir schauten uns unterwegs Pflanzen an und sprachen über all jene Dinge, die sonst zu kurz kamen. Sogar Blaubeeren fanden wir.

Schließlich war es Zeit zum Picknick. Nachdem es allen gut geschmeckt hatte, sollte es auf dem Rundweg wieder zurück gehen.

Nach einer Weile sagte mein ältester Sohn: „ Mir kommt das hier alles bekannt vor. An diesem Baumstamm sind wir schon zweimal vorbeigekommen."
Heimlich hatte ich auch schon Zweifel bekommen. Aber wir liefen doch immer diesem roten Dreieck nach.

An der nächsten Kreuzung wandten wir uns in die andere Richtung. Offensichtlich war es ein Umweg.

Spät abends besorgten wir uns eine Wanderkarte, denn auf die „Zeichen" an den Bäumen wollten wir uns nicht mehr verlassen.

Vergesslichkeit

Es war ein schöner Sommertag, und ich arbeitete in Haus und Garten. Nach dem Hausputz lockte mich die Sonne. Ganz in Gedanken, schreckte ich plötzlich auf.

Vor mir stand meine Hündin, schaute mich an, drehte sich um und lief aufgeregt ins Haus. Dann kam sie zurück und bellte wieder.

Plötzlich fiel mir ein, dass ich auf dem Herd etwas vergessen hatte. An der Terrassentür roch ich es schon verdächtig. „Mist, die Pfanne...!", dachte ich. Die Küche war blau, die Bratkartoffeln schwarz und meine Hündin knurrte den Herd an. Ihr gefiel die Knisterei in der Pfanne nicht.

Schnell zog ich sie vom Herd und machte das Fenster auf. Erleichtert nahm ich meine treue Hündin in den Arm und knuddelte sie kräftig.

Ich war froh, dass nichts Schlimmeres passiert war. Ja, Mensch und Hund verstehen sich, auch wenn sie nicht die gleiche Sprache sprechen.

Spontane Reise

Am Wochenende sollte schönes Wetter werden. So entschlossen wir uns spontan, mit unserem Motorroller „Berlin" eine Fahrt ins „Blaue" zu unternehmen.

Nach einigen Kilometern auf einer Landstraße blieb der Roller stehen. Missmutig sprach mein Mann: „So ein Mist. Verdammt, was ist nun wieder los?"

Er fluchte kräftig weiter und begann, nach dem Fehler zu suchen. Ich nahm meinen Sohn, eine Decke und die Verpflegung. Wir setzten uns auf eine saftig-grüne Wiese .

Fluchend suchte unser Chauffeur nach dem Fehler. Nach einer Weile fragte er: „Wieso bist Du eigentlich so ruhig? Du meckerst nicht. Siehst Du, das kommt von Deiner spontanen Idee. Nun sitzen wir hier an der Landstraße fest." Ich antwortet nur:" So spontan ist die Sache nicht. Ich habe Bahnkarten und Geld eingesteckt. Es könnte ja sein, dass eine Übernachtung fällig ist oder wir mit dem Zug zurück müssen. „Hast Du einmal nach dem Tank gesehen?", fragte ich so nebenbei. Ja, er war leer. Bis zum nächsten Ort war es nicht weit. Dort konnten wir tanken und es wurde noch ein erholsamer Tag für uns drei.

Beim Baden und Wandern fand auch mein Mann schließlich seine gute Laune wieder.

Scheintod

An einem schönen Frühlingstag schaute ich aus dem Fenster. Die Sonne schickte schon warme Strahlen durch die Scheiben und ich freute mich schon auf das Grünen und Blühen.

Draußen tobte unser Kater durch das Gelände. Doch was hatte er dort bei sich? Irgend etwas trug er in seinem Maul. Er lief in Richtung Garten. So rief ich meine Sohn herbei. Gemeinsam schlichen wir vorsichtig hinter dem Kater her. Gemütlich saß er unter einem Baum und hatte eine Taube im Maul.

Er hielt sie an den Flügeln fest und ihr Kopf hing herunter. „Schade", dachte ich. Mein Sohn schlich vorsichtig zum Vierbeiner. Zuerst versuchte er die Taube aus dem Maul zu nehmen. Nichts! Das konnte es doch nicht gewesen sein. Dann hatte er eine Idee. Er hielt dem Kater das interessante Lieblingsleckerli vor die Nase und schwupps, ließ er die Taube fallen.

Mein Sohn hockte auf der Wiese. Vorsichtig nahm er die Taube in die Hand. Sie hatte einen Ring am Fuß.

Gerade als wir darüber sprachen, ob wir irgendwo anrufen müssten...., hob die Taube den Kopf und flatterte plötzlich los auf das Dach.

Wir waren sehr erschrocken und doch froh, dass der Vogel wohlauf war.

Rettung

Unser Sheltie war ein Jahr alt und wir waren in eine Doppelhaushälfte mit Garage umgezogen. Langsam hatten wir uns eingelebt und auch beobachtet, dass manchmal Mäuse vom Garten ins Haus und von dort in den Keller liefen. Immer öfter fand sie dort der Hund.

Eines späten abends stand der der Hund vor der Treppe, schaute hinunter und bellte. Wau..., wau......, wau. Pause. ....

Der Rüde schaute er mich an, raste wieder zur Treppe und bellte.
Er ließ nicht locker, und wieder holte immer wieder den Vorgang. Das kam mir alles komisch vor. Es musste irgendetwas passiert sein. Was wollte er mir sagen oder mitteilen? Also ging ich selbst zu ihm.
Er trat zur Seite und ich ging in den Keller. Und plötzlich roch ich es. Gas!

Bereits auf der Hälfte der Treppe roch es fürchterlich. Wo kam nur der Gasgeruch her? Mir wurde mit einem Schlag klar, warum der Hund auch nicht mit in den Keller kam.
Mir war richtig übel und nahm ein Tuch vor den Mund.

Endlich wieder oben im Flur angekommen, verließen wir das Haus und riefen den Notdienst.

Es stellte sich heraus, dass der halbe Keller schon voll Gas war. Ein Sicherheitsventil war defekt und wurde erneuert.
Noch Wochen danach wollte ich nicht daran denken, was passiert wäre, wenn wir nicht auf unseren Hund gehört hätten und ins Bett gegangen wären.
Unser Hund war unser Retter!

Panik im Gänsestall

Oma Emma hatte ihr schönes Häuschen mit Garten verkauft, um ihrem Sohn den Start in ein neues Leben zu ermöglichen. Nun lebte sie zurückgezogen nur noch von ihrer bescheidenen Rente in einer Mietwohnung mit zwei Zimmern und einer kleinen Küche.
Früher hatte sie eine Ziege in einem Stall auf dem kleinen Hinterhof, den sie sich mit anderen Hausnachbarn teilen musste.

Und da standen auch noch die alten Plumpsklos, wie es lange auf dem Lande üblich war. Ihr gehörte das ganz linke, gleich neben dem Stall.

Statt einer Ziege hielt sie jetzt Gänse. Das war günstig, denn bis zur Bode, worin sie jeden Tag ausgiebig baden konnten, war es kein weiter Weg. Täglich trieb sie also die Gänse durch eine kleine Gasse (zwischen den Häusern) hin zum Ufer des kleinen Flüsschens Bode.

Und das sah man den Gänsen auch an. Das Gefieder war weiß wie Schnee mit einem wärmenden Daunenkleid an der Gänsebrust. Vom vielen Graszupfen waren sie auch wohlgenährt.

Nun hatte sich die Oma am Vortag eine deftige Suppe aus Wirsingkohl gekocht und reichlich davon gegessen. Eigentlich hätte sie bereits in der Nacht das Klo aufsuchen müssen, aber da draußen im Häuschen gab es kein Licht. Außerdem gruselte es ihr im Dunklen.

Sie merkte am Morgen noch, wie die Suppe im Magen arbeitete. Alles rumpelte und kneifte im Magen. Es war wie ein riesiger Ballon im Bauch und tat schrecklich weh.

Sie hielt sich mich beiden Händen den Magen und rannte auf den Hof.

Plötzlich riss die Klotür auf.
Kaum hatte sie diese von innen mit einem Haken verschlossen, da saß sie auch schon auf der Klobrille.

Mit einem gewaltigen Magenwind machte sie sich Luft im Gedärm. Der Druck war so groß, dass es wie ein Donnerschlag krachte. Das erschreckte auch die Gänse im Stall nebenan. Sie flatterten plötzlich wild durcheinander. Ja, sie müssen wohl bis an die Stalldecke gesprungen sein, sie krakelten und schnatterten noch eine ganze Weile, bis wieder Ruhe im Stall war.

Möglicherweise haben sie vermutet, die Erde würde sich unter ihnen öffnen.

Nur fliegen ist schöner

Wieder einmal fuhr ich spät abends mit meinem Auto von einer Buchlesung nach Hause. Es regnete und ich war schon ziemlich müde. Hinzu kam, dass ich die Gegend überhaupt nicht kannte. Aber neben mir saß ja meine Freundin, die mit auf die Strecke achten wollte.

Nur schnell nach Hause. Mein Magen knurrte. Die Lichter im Gegenverkehr machten mich nervös. So hörte ich artig auf die Wegbeschreibung von rechts, las die Straßenschilder und überlegte ab und an, ob wir auf der Hinfahrt dort auch vorbei gekommen waren.
Da riss mich ein ein Befehl aus den Gedanken: „Hier geradeaus....!"
Hmmmmm, ja, ich fuhr geradeaus....

Plötzlich ein komisches Rums. So richtig sehen konnte ich nicht. Es war dunkel, auf der Straße und überhaupt kein Verkehr. Dann die Stimme meiner Freundin laut und aufgeregt: „Mensch, das war ein Kreisverkehr!"
Aha..., daher der Rums.

Ein Glück, dass der Kreisverkehr flach gepflastert war. Obenauf befand sich eine Blumenrabatte. Meine Freundin sagte: „Vorsicht, da ist ein Blumenbeet!" Ich hatte keines gesehen. Da ich nur noch nach Hause wollte, meinte ich: „Nur fliegen ist schöner."
Einige Zeit später kamen wir wieder einmal an dieser Stelle vorbei. Nun stand dort zusätzlich eine Laterne.

Vielleicht hatten wir Spuren hinterlassen oder es war anderen Autofahrern auch so ergangen wie uns. Seit diesem Erlebnis sind Kreisverkehre immer etwas Besonderes für mich und die Erinnerungen immer für einen Lacher gut.

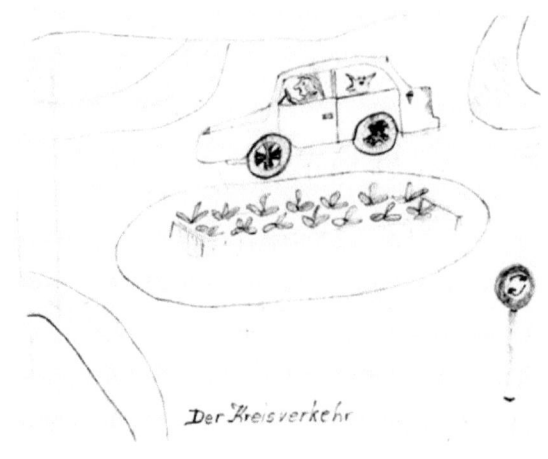

Der Kreisverkehr

Getrübter Blick

Nach einer Reise zu einer Buchlesung war ich mit meiner Freundin im Auto auf dem Rückweg. Wir fuhren schon einige Stunden durch Felder, Wälder und Wiesen.
Langsam bekamen wir einen riesigen Hunger, doch es war weit und breit war kein Ort zur Einkehr zu finden. Die mitgenommene Wegzehrung war aufgebraucht. Wir unterhielten uns darüber, dass es doch sonst immer Angebote am Wegesrand gab.

Meiner Freundin war schon fast schlecht vor lauter Hunger und ihr Magen knurrte. Immerhin waren wir schon seit Stunden unterwegs.
Also wir fast an unserem Heimatort angekommen waren, sah ich ein riesiges Transparent an einem Zaun auf der linken Fahrbahnseite. Darauf stand in großen

Buchstaben „THÜRINGER ROSTBRATWURST".

Langsam sagte ich: „Da steht Thüringer Rostbratwurst!" Meine Freundin gab zurück: „Was.... wo?" Ich darauf erstaunt: „Na daaaaaaaaaaaa!"
Es dauerte eine Weile, bis sie es sah. Vor lauter Hunger war sie schon ganz durcheinander oder ihr Blick war getrübt?

Jedenfalls stiegen wir kurz entschlossen aus und gingen zum Bratstand. Die Schmorwürste schmeckten natürlich hervorragend. Ich werde wohl auf den nächsten Reisen einige Schnittchen mehr mitnehmen.
Aus Schaden (Magenknurren) wird man klug.

Gewichtsprobleme

Schon lange hatte ich nichts mehr von meiner Freundin gehört. Thema bei uns war häufig Kochen, Essen und in diesem Zusammenhang das Leibesgewicht.

Da sie dieses Problem nun aktiv angehen wollte, hatte sie einen Termin bei einer Homöopathin gemacht. Irgendwie sollte da etwas durch Nadeln im Ohr beeinflusst werden. Na, ich glaubte da nicht so recht dran.
Aber Versuch macht klug. Ich wartete brennend auf ihren Bericht.

Gegen Abend läutete das Telefon. Endlich die aufgeregte Stimme meiner Freundin: „Ich habe jetzt eine Nadel im Ohr.... und ich..." Tja, und?"
Sie ganz traurig: „ Ich wollte zwei Broilerkeulen essen, aber... schluchzt, ich schaffe nur noch eine. Habe keinen Appetit mehr!"

Ich lachte: „Na, du bist gut. Das war doch der Sinn der

Übung. Das wolltest Du doch erreichen, oder?" Sie darauf: „Ja, aber was mache ich jetzt mit den anderen Keulen?" „Pack sie in den Kühlschrank für morgen." Ich musste schmunzeln. Offensichtlich klappt die Sache mit den Nadeln.

Der Spitzname

Bei Bauer Schulze in der Langen Gasse gab es oft Suppe zum Mittagessen. Zumindest in der Woche. So auch heute wieder. Nudelsuppe mit Fleischklößchen hatte die Frau gekocht. Weil dem Bauern der Teller immer zu klein war, aß er aus einer Schüssel. Mit am Küchentisch saßen die Mutter, Fritz und seine Schwester. Der Bauer saß an der Stirnseite des Tisches. Seinen Stammplatz durfte ihm niemand streitig machen. Schließlich hatte man dort immer die Tür im Blick, sah sofort, wer das Zimmer betrat.

Fritz, zu dem alle Fritze sagte, hatte seinen Platz gegenüber. Das war ein Privileg, denn er sollte später einmal den Hof übernehmen. Aber das verstand er wohl mit seinen sieben Jahren noch nicht. So hatte der Vater ihn auch immer im Blick. Da musste wohl so sein, denn er war mit allen Wassern gewaschen, wie man so sagt.

Ständig kicherte er vor sich hin und wagte gar nicht aufzuschauen. Was hatte er denn heute nur? Mutter ermahnte ihn: „Setz dich richtig hin, nimm die Hände auf den Tisch und iss deine Suppe!"

Aber sobald er in die Runde schaute, musste er wieder lachen. Vater schlürfte gelassen seine Suppe. Was kümmerte es ihn, wenn der Bengel nicht spurte. Kindererziehung war erst einmal Mutters Sache. Wenn er allerdings mal richtig was ausgefressen hatte, dann kam der Vater ins Spiel.

Ja und was sollte Fritze nur machen? Wann immer er aufschaute, hatte er Vaters Gesicht vor den Augen. Und da hatte sich heute im Zwirbelbart über der Oberlippe eine Bandnudel verfangen, die einfach nicht abfallen wollte. Hatte das denn noch niemand gesehen? Und bemerkte es der Vater selbst auch nicht? Wieder prustete Fritze los.

Nun war es der Mutter doch zu viel. Sie wollte wissen, worüber er denn ständig zu feixen hatte. Plötzlich platzte Fritz heraus: „ Vater hat ne Naud`l ahn de Lawwe" - Peinliche Totenstille. Mutter erlangte zuerst wieder die Fassung: „Bengel, du kannst doch nicht zu Vaters Schnute „Lawwe" sagen!"

Der gepeinigte Bauer

Bauer Glockmann klagte eines Tages nach getaner Arbeit seiner Magd, dass er schon den ganzen Tag große Schmerzen am linken Fuß hätte. Obwohl er das Schuhwerk schon viele Jahre trug und es auch schon so richtig ausgelatscht war, drückte ihn der Schuh plötzlich sehr. Er war richtig froh, als er die Ackerschuhe von den Beinen bekam.

Seine Magd Emma konnte das gar nicht verstehen. Hatte sie doch gestern erst dieses Paar Schuhe vom gröbsten Dreck befreit, denn es hatte den ganzen Tag geregnet. Als der Bauer vom Feld gekommen war, sah sie doch auch keine drückende Naht oder dergleichen.

Nun ja, um diesen alten Quälgeist von seinen Schmerzen zu befreien, half sie dem Jammerlappen beim Ausziehen der Schuhe und dachte sich noch dabei; bei seinen Platt,- und Spreizfüßen hat er auch so richtige Quadratlatschen. Und dann war da noch der Gedanke, vielleicht hatte sich der Bauer ein Hühnerauge oder eine Blase gelaufen. Der schon leicht Betagte schnürte sein Schuhwerk ja nie mehr richtig zu, so dass es manchmal an den Füßen schlappte. Hatte er doch dadurch schon viele Strümpfe durchgelaufen.

„Herrje, das tut gut." Emma hatte die Schuhe ausgezogen und zur Seite gestellt. Nun bemühte sie sich, dem Bauern seine derben Strümpfe von den Füßen zu streifen. Diese hatte sie ihm aus reinster Schafwolle gestrickt, die von den Schafen des Bauern stammten. Aber sie konnte weder am rechten, noch am linken Fuß eine Blessur feststellen. Oder war da vielleicht ein Stein im Schuh? Sie griff in den ersten Latschen. Nichts! Aber das war ja der rechte Schuh. Hatte der alte Glockmann nicht von links gesprochen? Also auch noch den anderen Schuh kontrollieren. Aber hallo! Was war denn das? Hatte da etwas gestochen?

Vorsichtig tastete sie weiter und brachte schließlich ein kleines Küchenmesser zum Vorschein. Erschrocken blickte sie zum Bauern. Hatte er davon etwas bemerkt?

Denn es war das kleine Zwillingsmesser, welches sie immer zum Kartoffelschälen benutzte. Gestern aber hatte sie damit den Schmutz von den Schuhen gekratzt.

Lesung in Meck-Pom

Wir hatten im Sommer eine Einladung zu einer Lesung. Diesmal ging es in eine Reha-Einrichtung in Mecklenburg-Vorpommern. Das Motto der Veranstaltung: „Lachen ist gesund".

Da Angela wassersüchtig ist, wurde die Hinfahrt schon zu einem Abenteuer.
Ich fuhr erst zu ihr und wollte dort mein Auto abstellen. Wir wollten in ‚Angelas Wagen dorthin fahren. Gemeinsam mit ihren Hunden. Schon beim Anblick des Autos stutzte ich. Irgendwie sah es eigenartig aus. Darum sah ich mir alles genauer an. Fast hätte ich laut los gelacht.

Die Rücksitze in ihrem Auto waren zur Liegefläche umgeklappt. Obenauf lag eine zurecht geschnittene Matratze. Das sah schon ulkig aus. Aber machte insoweit

Sinn, als dass die Hunde nicht bei jedem Bremsmanöver zwischen die Sitze rutschten. Außerdem wollte sie mit den Hunden im Auto schlafen. Das hatte sie schon immer vor, sagte sie.

An den Seitenfenstern waren auch kleine Gardinen zum Zuziehen angebracht. Es sah irgendwie schnurrig aus. Also habe ich meine Bücher und Wechselwäsche in ihr Auto verfrachtet. Für mich war in der Reha ein Zimmer für die Übernachtung reserviert.
Los ging es in Richtung Norden. Das Wetter war schön und die Sonne schien. Beiläufig sagte Angela: „Ich habe schon einmal meinen Badeanzug angezogen. Wenn wir an einem See vorbei kommen, halten wir und ich springe hinein."

Typisch Angela. Das konnte ja heiter werden. Auf unserer Karte waren so einige Seen verzeichnet. Durch diese Abstecher kamen wir nur langsam voran.

Als Beifahrerin hatte ich natürlich die Landkarte aufgeschlagen. Irgendwann erreichten wir eine waldreiche Gegend. Angela fragte mich: „Wo sind wir eigentlich? Schau mal. Wir biegen hier links ab. Da scheint wenig Verkehr zu sein." Daraufhin sah ich auf die Karte, aber dieses Ortsschild war nirgends verzeichnet. Angela bog also ab.
Die Straße war eingebettet gesäumt von Kiefern und Tannen. Die Strecke war völlig leer. Kein Mensch weit und breit. Irgendwann standen am Straßenrand verdächtige grüne Schilder. Darauf stand etwas von Panzerregiment.

Hoffentlich kam sie nicht auf die Idee auszusteigen.
Wer weiß! Ab und zu lugten vereinzelt Häuser im dichten Tann hervor. . Nach drei Stunden Autofahrt waren wir am Ziel.

Zuerst meldeten wir uns bei der Rezeption der Rehaeinrichtung, wo die Veranstaltung stattfinden sollte.

Uns wurde erst einmal die Einrichtung und das Zimmer gezeigt, wo ich übernachten konnte. Es war ein modern eingerichtetes Zimmer mit Bad und TV. Anschließend den Veranstaltungsraum. Bis dahin hatten wir noch etwas Zeit.

So erkundeten wir die Gegend und gingen erst einmal Mittagessen. Da ein See in der Nähe war, nahmen wir die Hunde und gingen dorthin. Angela hüpfte prompt ins Wasser.
Eine halbe Stunde vor der Buchlesung trudelten wir langsam wieder auf dem Rehagelände ein. Das Auto stellte Angela auf dem Parkplatz zwischen zwei Laternen ab.
Die Veranstaltung war gut besucht und die Stimmung toll.

Draußen war es dunkel und die Nachtruhe war angesagt. Angela duschte noch schnell in meinem Zimmer. Bevor sie ging äußerte sich noch den Wunsch, dass ich am nächsten Morgen Kaffee zum Auto bringen sollte.

Im Jogginganzug hüpfte sie wie ein Reh zum Parkplatz zurück. Sie wollte noch mit den Hunden etwas spazieren gehen, bis sie dann mit ihnen zusammen auf der umgeklappten Rückfläche des Autos schlafen wollte.
Am nächsten Morgen frühstückte ich erst einmal im Speiseraum. Mit Kaffeetasse und Kännchen ging ich vorsichtig an den roten Opel. Meine Freundin wartete bereits auf mich. Ich setzte mich zu ihr und staunte, was sie alles schon zum Frühstück aus gekramt hatte. Eier, belegte Brötchen und etwas Obst lagen auf den Sitz.
Nebenbei fragte ich: „Wie war die Nacht?" "Hör auf!" bekam ich zur Antwort. Ich hörte gespannt zu, was passiert war.

In der Nacht wurde sie durch den Druck in der Blase wach. Im ersten Moment wusste sie gar nicht, wo sie war. Die Türen gingen aus unerfindlichen Gründen nicht auf und Angela bekam Panik. Das übertrug sich auch auf die Hunde, welche nervös wurden.

Plötzlich schoss ihr eine Idee durch den Kopf. Der Kofferraum! Nur schnell raus aus dem Auto. Auf allen Vieren kletterte die Dame nach draußen. Die Hunde natürlich hinterher. Sie liefen verdattert hinter ihrem Frauchen her.

Ab in das nächste Gestrüpp. Noch schnell ein Blick nach links und rechts. Hoffentlich ist keiner in der Nähe. Das wäre ein Anblick gewesen, aber alles war ruhig.

Die Hunde drehten noch eine Runde über den Rasen. Kurz nach der Erleichterung kletterte sie wieder in das Auto und überlegte, wieso die Türen nicht geöffnet werden konnten. Na klar, die Kindersicherung.

Am frühen Morgen wachte Angela auf und hörte vor dem Auto Menschen murmeln. „Aha, Frühsport", schoss es ihr die den Kopf. Aber weit gefehlt. Plötzlich folgten Stimmen. Vor der Tür standen wahrscheinlich einige Kurgäste, welche sich unterhielten.
Eine Stimme ertönte: „ Da wohnt bestimmt ein Erdhörnchen drin." Angela war baff, öffnet die Tür von innen und krabbelte mit den Armen zuerst aus dem Auto. Ihre blonden lange Haare fielen bei dieser Übung über das Gesicht. Das das sicher diffus aus. Die Menschen davor standen vor Schreck da und erstarrten.

Gespannt hörte ich der Geschichte zu und stellte es mir bildlich vor. Dabei musste ich unwillkürlich schmunzeln.

Nachdem mir das Angela erzählt hatte, lachten wir beide los.

Kubareise

Jedes Jahr unternahmen wir eine größere Erholungsreise. In diesem Jahr war eine Rundreise quer durch Kuba mit anschließendem Badeaufenthalt geplant. Doch diese Reise war der Horror.

Schon der Flug von Berlin nach Frankfurt am Main fiel wegen Triebwerkschadens aus. Somit konnten wir unser Flugzeug nach Holguin nicht mehr erreichen. Nach einigen Beschwerden und Stress mit dem Personal bekamen wir einen Flug von Berlin nach Havanna.

Die Servicemitarbeiter sollten dann einen Inlandsflug von Havanna nach Holguin organisieren.
Auf dem Flug von Berlin nach Spanien bekamen wir kaum Getränke, obwohl wir großen Durst hatten. Mit vier Stunden Verspätung kamen wir endlich in Madrid an und mussten uns erst einmal mit Getränken versorgen. Auf dem Flug nach Havanna war es auch nicht anders. Während der Flugdauer von elf Stunden bekamen wir vom Personal nur 3 Getränke. Für uns war es unzumutbar.

Wir dachten, dass wir endlich endlich angekommen wären, aber alles kam wieder einmal anders.

Von dem Servicepersonal in Havanna erfuhren wir, dass der Hinflug gestrichen wurde und dafür eine Unterkunft in einem Hotel organisiert wurde. Nun sollte die geplante Rundreise für uns nicht von Santiago de Cuba nach Havanna stattfinden, sondern umgekehrt.

Somit begann die Rundreise einen Tag später mit einem

neuen Reiseleiter. Dieser würde sich am nächsten Tag bei uns melden. Mit diesen wenigen Informationen wurden wir mit einem Taxi in das Hotel gebracht.

Das Hotelpersonal war überhaupt nicht über unser Kommen informiert, so dass wir für diese Nacht über einhundert Euro Kaution bezahlen mussten. Die Leute von der Leitung wollten am nächsten Morgen alles klären. Total erschöpft kamen wir kurz vor Mitternacht im Hotelzimmer an.

Am nächsten Morgen bekamen wir an der Rezeption die Mitteilung, dass sich der Veranstalter noch nicht gemeldet hatte. Erst mittags bestätigte der Reiseveranstalter die Buchung. So bekamen wir erst einmal unsere Kaution zurück.
An diesem Tag konnten wir leider nichts unternehmen.
Von dem 4-Sterne Hotel waren wir total enttäuscht. Unseren Tisch fanden wir immer wieder, weil die Flecken ständig anwesend waren.

Nach einigen Tagen ging die Reise weiter. Das neue Hotel war verstopft und das Geschirr stark verschmutzt. Beim genauen Hinsehen stellten wir an der Tür Einbruchspuren fest, so dass wir Angst um unsere Sicherheit hatten. An Erholung war somit nicht zu denken.
Im letzten Hotel begrüßte uns der Reiseleiter mit den Worten: „Kontrollieren Sie gleich das Zimmer auf Mängel." Das konnte doch nicht wahr sein.

Also überprüften wir das Zimmer und stellten fest, dass der Wasserhahn im Bad defekt war. Wir meldeten es und es wurde auch sofort repariert. Wir dachten, alles wird gut, bis wir kurz vor Mitternacht zurück ins Zimmer kamen. Als wir das Licht anschalteten, trauten wir unseren Augen nicht. Mitten im Zimmer stand eine riesige Wasserlache. Durch das Wasser war unser Koffer mit unseren Sachen total durchnässt.

Kurz nach Mitternacht bezogen wir ein anderes Zimmer. Diese Nacht wurde der Horror, denn es tropfte auf die Klimaanlage. Die Rundreise war zu Ende und wir flogen von Santiago nach Havanna. Das Flugzeug landete um Mitternacht auf einem winzigen Flughafen. Dort wurden wir von einem Taxi abgeholt. Der Fahrer fuhr mit uns wie ein Höllenhund durch die Nacht. Nach drei Stunden Fahrt und durchstandener Todesangst lagen wir endlich im Bett. Nach zwei Tagen ging es heimwärts. Die Urlaubserholung war gleich null. Eines aber haben wir gelernt. Nie wieder eine Kubareise.

Die Hifi-Anlage

Immer um die Mittagszeit geht Karl Lehmann in Richtung Hoftür. Hier wartete er Tag für Tag auf die Briefträgerin. Und jeden Tag bekam er bunte Briefe und Zettel. Jedes mal dachte er: „Wenn sie doch nur das Geld für vernünftige Sachen ausgeben würden!"

Aber Gedanken über vernünftige Dinge machte er sich nicht. „Am besten ist es, wenn du die Briefe in den Aschenkübel wirfst, dann haben wir unsere Ruhe", meinte Liesbeth, die seine Frau war. Sie konnte sich das Gemecker nicht mehr anhören. Aber eines Tages sollte es sich ändern!

Gewiss, weil die bucklige Verwandtschaft seine Einstellung über die Reklameflut kannten. Egal, jedenfalls kam eines Tages Karl wieder von seiner Hoftür zurück und grölte schon von weitem: „Liesbeth, Liesbeth! Wir haben gewonnen!" „Woher sollen wir gewonnen

haben?" „Doch", sagte Karl. „Wir haben eine Hi-Fi-Anlage gewonnen!"
„Ach du großer Gott. Was fangen wir denn damit an?"

Sie beschäftigten sich nun damit den halben Nachmittag mit der Sache. Es wollte nicht in den Kopf, dass sie etwas gewonnen hatten.

Dann kam der Große nach Hause. Er hatte noch nicht einmal die Türklinke in der Hand, da hörte er schon etwas von dem großen Gewinn. Erst einmal lachte der Sohn aus vollem Hals. „Papa! Das heißt doch nicht Hei-fi-Anlage, sondern Hifi-Anlage!" Das ist so ein großer Kasten. Wie ein großer Fernseher, nur links und rechts ein Lautsprecher dran." „Wo wollen wir denn in der kleinen Stube damit hin? Ach, lass man Junge, das Ding kommt doch erst in den nächsten Tagen. Inzwischen werden wir wohl einen passenden Platz dafür ausgeknobelt haben."

Sie konnten nachts nicht schlafen. Dann fing Karl an: „Weißt du Liesbeth, wenn das so ein großes Ding ist, müssen wir den Schrank ein Stück zur Seite rücken." „Siehst du", sagte Liesbeth, „mussten wir zu Weihnachten so einen großen Fernsehtisch haben? Ein kleiner hätte es auch getan."

Schon eine halbe Stunde früher als sonst, stand Karl Lehmann auf. Als Liesbeth Kaffee kochte, ging Karl mit dem Zollstock die Treppe hinunter. „Was meinst Du", sagte er zu seiner Frau, „kommen wir mit 1,40 m oder 1,60 m aus?"

„Ich wette nicht", sagte Liesbeth. „Aber wenn ich an den alten Fernseher denke, müssten wir mit 1,60 Meter reichen."

Nun fuchtelte er wie wild mit dem Zollstock durch die Stube. Dann sagte er: „Also der Schrank muss näher an die Tür. Dann stellen wir das Ding zwischen Fernseher und Sofa. Und wenn das nicht reichen sollte und einige Zentimeter fehlen, machen wir den Putz hinter der Sofaecke weg. Da sollte sowieso nie Tapete hin.

Es kann natürlich passieren, dass deine Gardinen zu lang sind, wenn das Ding da stehen sollte. Er sagte ausdrücklich „DEINE GARDINEN". Mit Gardinenkram hatte er nichts im Sinn. Nun wurde es Liesbeth zu viel: „Karl, nun reicht es mir aber!
Wegen dem Heifi-Ding wird der ganze Bau auf den Kopf gestellt. Aber die Gardinen sind tabu!"

Das Hei-Vieh hatte den Seelenfrieden vollkommen durcheinander gebracht. Und so verging ein Tag nach dem anderen. Dann kam der Bescheid: „Die Anlage ist unterwegs!"
Karl Lehmann ging nun öfter an die Hoftür, um nachzusehen, wann das Ding kam. Für alle Fälle hatte er sich die Strohballenkarre bereit gestellt, wegen dem Transport.

Am anderen Tag brachte die Briefträgerin ein kleines Päckchen. „Ich bringe den Gewinn", sagte sie. Es hatte sich sicher schon herum gesprochen, das Lehmanns einen großen Gewinn erwarten. Karl hatte sogar das „Danke" vergessen. Ihm war ganz flau im Magen. „Liesbeth", sagte er und schnappte nach Luft. „Die Heifi-Anlage ist da!" „Soll ich denn mit anfassen, Karl?" rief sie aus der Küche. Karl antwortete: „Nicht nötig! Es genügt, wenn du die Schürze aufhältst!"

Da wurde seine Madame stutzig. „Was"? Ich glaube der Alte hat einen Rappel. Seine Augen kamen von dem kleinen Päckchen nicht los, welches auf dem Tisch lag.

„Das sollte nun alles sein?", stellte er fest.

Es wurde ein sehr stiller Nachmittag. Keiner sprach ein Wort. Nach dem Kaffee trinken kamen die Urenkel. Sie hatten Ferien und Zeugnisse hatte es auch gegeben.
„Oma, auf dem Tisch liegt ein Päckchen. Ihr habt es ja gar nichts geöffnet."
„Macht es auf und schaut nach, was drin ist." Die Verpackung lag in der Ecke und beide Kinder stellten fest, es ist eine Mini-Hi-Fi-Anlage. Nicht größer als ein Schuhkarton.

„Oma, Opa! Ist die für uns wegen den Zeugnissen? Da habt ihr aber das Richtige bestellt!"
Die beiden Alten schauten sich an und sagten aus einem Mund: „ Na, dann haben wir endlich einmal das Richtige getroffen!"

Bald waren die Kinder wieder weg. Da machte sich Karl Luft. „Also", sagte er. „Ab morgen kommt kein buntes Zeug mehr ins Haus! Ich will auch nichts mehr gewinnen. Meinetwegen kann die Post Pleite gehen!"

Reise macht, kann er was erzählen

Wir gingen neulich mal wieder auf große Reise. Morgens in aller Frühe machten wir uns auf die Socken. Um vier Uhr machten wir uns mit dem Bus auf die Spur nach Paris. Vor uns lagen 946 Kilometer. Wie immer hat der Busfahrer Heiner eine Pause eingelegt. Dieses mal waren es aber nur kleine Pausen, wegen der langen Strecke, so dass wir dadurch kein warmes Essen hatten. Das wollten wir in Paris nachholen. Nach 15 Stunden sind wir angekommen. Nun war Paris weit verzweigt, so dass wir das Hotel nicht gleich gefunden haben.

Endlich waren wir da, wo wir für einige Tage Unterkunft

finden sollten. Unser Hunger auf warmes Essen war groß. Rasch schleppten wir unser Gepäck in die Zimmer, packten das Nötigste aus und wie aufgescheuchte Hühner suchten wir eine Gaststätte, wo gutes und preiswertes Essen angeboten wurde.
Gleich in der Nähe fanden wir ein billiges Lokal. Wir waren noch nicht ganz drin, da stellte die Geschäftsführerin schnell vier Tische zusammen und drückte uns sofort eine Speisekarte in die Hände.
Auf der Speisekarte war natürlich alles auf französisch aufgeführt und unsere Augen flogen über das voll gedruckte Papier. Leider konnten wir nur das Wort "Salat" verstehen. Das haben wir dann auch bestellt und haben mit Händen und Füßen versucht zu erklären, dass wir Reis mit Hähnchen wollten. Dabei haben wir mit Flatterbewegungen und Kikeriki versucht zu erklären, was wir haben wollten.

Die übrigen Gäste im Lokal lachten und kicherten. Die Geschäftsführerin nickte mit dem Kopf und verschwand. Auf einmal klapperten Absätze hinter uns. Plötzlich stand eine Kellnerin an unserem Tisch und brachte uns drei Körbe voll bepackt mit geschnittenem Stangenbrot. Hinterher gab es für jeden einen Salatteller. Nun warteten wir auf das, was noch kommen sollte. Nach einer Weile haben wir aber dann zugeschlagen und kurz darauf war der Brotkorb leer.

Mit Zeichensprache hat jemand auf den leeren Korb gezeigt und „Trapp, trapp, trapp" klapperten wieder die Absätze hinter uns und es gab wieder eine Ladung Stangenbrot. Die wurden unter viel lachen und mit lustigen Bemerkungen bis auf den letzten Krümel aufgegessen. Wieder kam eine Fuhre Brot. Jetzt war uns die Sache unangenehm. Beim vierten Gang – wir lachten dabei Tränen- auch die Nachbartische lachten mit- war uns das aber unangenehm, denn wir hatten uns ganz schön blamiert.

Meine Schwester meinte, dass wir uns wundern würden, wenn wir die Rechnung bekämen. Da müssten wir das Brot nach Metern bezahlen! Wieder wurde gelacht. Nun wollten wir wirklich schnell bezahlen und das Lokal verlassen. Da klapperten wieder die Absätze von der Kellnerin und vor uns standen zum dritten mal zwei große Teller mit kleinen Schokoladentafeln. In die Sprachlosigkeit hinein sagte ich: „Wir können ruhig einmal wieder kommen. Dann kriegen wir bestimmt Rabatt!" Wir lachten dann noch wie ein paar Dumme. Die Schokolade haben wir noch restlos verzehrt und den bestellten Salat bezahlt.

An der Tür stand die Lokalchefin und hat sich höflich und in aller Form von uns verabschiedet.

Sie können sich sicher denken, wie wir gelacht haben. Danach mussten wir aber zur Ruhe kommen, sonst hätten wir vielleicht noch Ärger mit der Polizei bekommen.
Inzwischen war es spät geworden und müde waren wir auch.

Man kann solch eine Geschichte schlecht erzählen, man muss sie erleben.

Der Stadttrabbi

Unser ehemaliger Bürgermeister hatte während seiner Amtsperiode auch seine Probleme. Viele Leute kamen ins Rathaus und wollten ihn sprechen. Der eine brauchte Baumaterial, der andere wollte mit dem Traktor Sand angeliefert haben.

Wieder andere Bürger hatten keine Kohlen mehr oder familiäre Probleme. Um das hat sich unser Walter gekümmert. Alles kostete viel Zeit und Kraft. Aber eines Tages bekam die Stadt einen Trabbi. Das war schon ein Fortschritt. Es musste vieles von außerhalb besorgt werden und da kam das Auto gerade recht.

Meistens war unser Bürgermeister selbst gefahren, aber manchmal musste Rolf ihn auch Rolf chauffieren. Er war auch für den hauseigenen Traktor zuständig.

„Rolf, spann den Trabbi an. Du musst heute einmal fahren. Ich habe überall zu tun." Rolf war froh, dass er einmal von dem Traktor herunter kam und mit dem Trabbi fahren konnte.
Beide fuhren in Richtung Schneidlingen.

Da standen sie an der Kreuzung. Links ging es nach Egeln und rechts nach Aschersleben. Da fragte Rolf: „Wo wollen wir hin?"

Walter war in Gedanken schon bei der nächsten Konferenz. Etwas spät waren sie auch dran.

So fuhr er Rolf an, „Mensch, fahre wohin du willst. Ich habe überall zu tun."
Da Aschersleben die Kreisstadt war, bog er nach rechts ab und hat den Bürgermeister dorthin gefahren.

Falsche Richtung

Unser Walter hieß mit Spitznamen „Vader" und er war mit Ernst befreundet. Beide haben als Dachdecker zusammen gearbeitet.

Es war normal, dass sie ab und zu auf Arbeit einen getrunken hatten und sich nach Feierabend in der Kneipe trafen.

Zu dieser Zeit hatten sie in Wolmirsleben gearbeitet. Jeden Morgen ging es mit dem Fahrrad nach Egeln und dann rechts weg nach Wolmirsleben. Eine andere Fahrmöglichkeit gab es nicht.

An diesem Tag hatten sie schon einen geschnasselt und es war schon dunkel, als sie sich auf den Weg machten. Es war Herbst und die Dunkelheit nahm schnell zu.

Also rauf auf das Fahrrad und nach Hause. An der Kreuzung in Bleckendorf sind sie nach links statt nach rechts abgebogen. Sie haben viel erzählt und dabei kräftig in die Pedale getreten.

Auf einmal sagte Walter: „Halt mal an. Was kommt denn da?" „Allewetter", sagte Ernst. „Seit wann hat denn Cochstedt eine Straßenbahn?" Es war die Bahn von Magdeburg, die sie gesehen haben.

Jetzt wussten sie, wo sie waren. Es nutzte alles nichts. Sie sind umgekehrt und dreißig Kilometer zurück nach Cochstedt gefahren.

Ich dachte: „Jetzt haben sie mich"

Wenn man früher in der DDR schon ein paar mal Aktivist geworden war, hatte der Betrieb den Kollegen als Auszeichnung eine Reise in die damalige Sowjetunion geschenkt.
Nun war ich auch einmal an der Reihe und ich durfte nach Sotschi an das Schwarze Meer fahren. Zuerst habe ich überlegt, ob ich überhaupt fahren soll.

Aber dann sagte meine Frau: „Ich komme aber mit." Damit war die Entscheidung gefallen. Meine Frau musste die Reise allerdings selbst bezahlen. Das waren 900 Mark. Wurde man als Aktivist ausgezeichnet, bekam man 200 Mark und zusätzlich ein Aktivistenabzeichen.

Die Reise nach Russland war also geplant. Die notwendigen Formalitäten wurden erledigt und lagen auf dem Flugplatz Berlin-Schönefeld bereit.

Es war der erste Flug in meinem Leben. Es war mir etwas schwummerig, aber alles ging gut.
In Kiew war Zwischenlandung. Als wir in den Wartesaal

kamen, saßen dort Menschen allerlei Nationen.

Die Russen waren gut erkennbar. Fast jeder hatte eine Kiste oder einen Korb mit Hühnern, Kaninchen oder anderes Viehzeug bei sich.

Auf einmal ging die Tür auf und ein Russe in Uniform, die Brust voller Orden und Ehrenzeichen trat in den Saal. Ich dachte noch:„Das ist doch mindestens ein General!" Er schaute in die Runde und rief: „ Leiste, wo ist Leiste?" Mein Herz rutschte in die Kniekehle. In meinem Gehirn zuckte es: „Wo kennt er dich her? Hast du etwas falsch gemacht?"
Der Uniformierte winkte mit der Hand. „Bitte kommen sie her." In dem Zimmer saßen noch mehrere Offiziere.

Wieder zuckte es durch mein Gehirn- Verbannung, Sibirien. Man hat ja schon viel davon gehört. Nun kam er auf mich zu. Im barschen Ton fragte er: „Haben sie Waffen?" Ich antwortete: „ Nein, keine Waffen."

Jetzt hielt er mir ein Blatt vor meine Nase. Es war das Ausreisedokument. „Hier steht bei, haben sie Waffen nur ein Strich. Strich nicht gut. Schreiben sie bitte „nein".
Also habe ich ein „nein" geschrieben und damit war die Sache erledigt.
Dann haben wir doch noch schöne zwei Wochen in Sotschi verbracht.

Flöhe

Vor einigen Jahren hat sich in einer Cochstedter Familie etwas Schreckliches abgespielt.
Eines Tages kam der Mann von seinem Dienst nach Hause und hat seine Frau schon an der Tür mit den Worten überfallen: „Ich habe mir Flöhe eingefangen."
„Aber nicht bei uns zu Hause", war die Antwort.

Man soll es nicht für möglich halten, aber am anderen Tag plagte sich auch die Frau damit herum.

Da nun jeder der beiden Eheleute auf der Arbeit mit vielen Menschen zusammen kam, hat der eine den anderen verdächtigt, die Flöhe angeschleppt zu haben.

Nun begann die Hektik. Jeden Tag die Betten neu beziehen und jeden Tag die Wäsche vollkommen wechseln. Die Waschmaschine hatte Hochsaison. Aber die Flöhe waren hartnäckig und es wurden immer mehr.

So richtig große schwarze Dinger. Überall saßen die Viecher, in den Strümpfen und sogar im BH seiner Frau waren sie.

Man kam nun auf die Idee, Mux aus der Kaufhalle zu besorgen. Es wurde alles besprüht, wo die Biester vermutet wurden. Für den Hund wurde Flohpulver gekauft. Nach dem Einpudern sah er aus, als wenn er in Mehl gefallen wäre.

Die Eheleute gingen sich schon aus dem weg. Sie wurden nicht mehr Herr der Plage. Und immer der Gedanke:"Wenn nur keiner von den Bekannten etwas merkt." Es war zum Verzweifeln. Da kam endlich die Rettung aus der Not.

Morgens als die Frau nach der Arbeit wollte, fiel ihr Blick auf ein fremdes Auto, das auf dem Hof stand.

VEG-Cochstedt Abteilung Tierzucht stand dran. Der Volksgutdirektor hatte es ihrem Mann freundlicherweise zur Verfügung gestellt, da sein Trabbi kaputt war und er dringend ein Fahrzeug benötigte. Nun ging ihr ein Licht auf.

Mit dem Auto wurden die Viecher nach Hakelforst gebracht, da wurden die Rinder versorgt werden. Da waren wohl die Flöhe mit in das Auto gekommen und hatten sich in den Polstern wohl gefühlt.

Nun aber los. Die Frau hatte sich erst einmal eine Menge Mux beschafft. Was mögen die Verkäuferinnen in der Kaufhalle wohl gedacht haben? Anschließend wurde das Auto von außen und innen besprüht, was das Zeug hielt. Keine Ritze wurde ausgelassen und das zweit Tage lang. Ihr Mann hatte festgestellt, dass das Auto nach Chemie stinkt. Aber was solls. Die Flöhe waren weg.

Familienausflug in die Kreisstadt

Die Schulferien sind für mich immer ein Höhepunkt, denn da kam die Urenkelin zu Besuch. Auch für das Mädchen sollte es etwas besonderes sein.

Nun kamen die Herbstferien und ich machte den Vorschlag: „Lasst uns doch einmal nach Aschersleben fahren, etwas ansehen, einkaufen und essen gehen." Früher ist man in die Wirtschaft eingekehrt. Heute wird in der Gaststätte gegessen.

Also sind wir mit dem Bus in die Kreisstadt gefahren. Der Bahnhof wurde gerade neu gestaltet. Alles war aufgerissen. Also kein schöner Anblick. Aber wir haben uns durch gewuselt und erreichten auch das Restaurant, welches wir im Visier hatten.

Frohgemut und voller Erwartung gingen wir in die Gaststube. „Aber es ist noch keine Tischzeit, erst um 11.30 Uhr" wurden wir nicht gerade freundlich von der Bedienung empfangen. Es war inzwischen zehn Minuten nach halb zwölf. „Da muss ich mich aber ran halten", sagte die Dame. Wir waren die einzigen Gäste und suchten uns einen schönen Fensterplatz.

Bald kamen die großen Speisekarten. Unser Ferienkind bestellte Hähnchenbrust. Wir anderen konnten uns nicht so recht entscheiden. Da ich gesagt habe: „Sucht euch etwas schönes aus. Ich spendiere den Spaß", hatte die Speiseauswahl etwas länger gedauert.

Kurzentschlossen hatten wir die „Spezialität des Hauses-Grillpfanne" bestellt. Zuerst kam die Hähnchenbrust und anschließend drei kleine schwarze Pfannen.

Es waren Bratkartoffeln und im Inneren Matsch. Der Brokkoli war schön grün, hatte aber keinen Lack und Geschmack. Wir suchten das Gegrillte, welches der Höhepunkt von dem Gericht sein sollte. Unter reichlich Pilzen entdeckten wir dann eine kleine Scheibe Fleisch. Das Einzige, was Geschmack hatte, waren die Pilze. Die Bedienung erkundigte sich, ob es uns geschmeckt hatte. Wir waren feige und bejahten zögerlich.Dann kam die Rechnung und die war so, dass man annehmen musste, die Pfannen wären auch mit berechnet worden.

Gesättigt gingen wir in ein Einkaufszentrum. Wir wanderten durch die Reihen. Plötzlich entdeckten wir im Fischregal Räucheraale. Eigentlich spendiere ich nur immer zu Weihnachten einen Aal. Aber hier tropfte uns der Zahn und der Fisch musste mit. Ich fragte die freundliche Kassiererin, ob sie uns den Aal nicht einwickeln könnte, denn nur so in dem Plastikschlauch war es nicht so ideal.

„Gehen sie bitte an den Infostand. Dort wird der Fisch eingepackt." An diesen Stand erklärte ich der freundlichen Frau, dass ich den Aal gern eingepackt hätte, damit nicht jeder sehen konnte, was ich gekauft hatte. Sie wollte den Kopf und Schwanz einknicken, damit sie ihn besser einpacken konnte. Damit war ich selbstverständlich einverstanden. Nun hatte sie das Tier in nachtblaues Papier mit goldenen Strähnen eingepackt und anschließend mit Klebeband befestigt. Als sie dann noch wissen wollte, ob es für eine Dame oder einen Herren sein sollte, da habe ich mich aber erschreckt. Ich konnte nur noch schmunzeln: „Danke, danke, das genügt!"

Nun aber los nach dem Bus. An diesem Abend hatten wir genügend Gesprächsstoff.

Die neue Tasche

Vor einigen Jahren waren unsere Kinder waren noch klein. Damals sind wir in den Spreewald gefahren, um Verwandte zu besuchen. Onkel und Tante waren damals schon alt. Der Sohn von den Beiden wohnte in Berlin. Seine Frau war Tierärztin. Sie behandelte kleine Tiere wie Hunde und Katzen, Hamster und Mäuse.

Also haben wir uns auf den Weg gemacht und sind nach Berlin gefahren. Unsere Kinder wollten nicht mit.

Das Auto haben wir am Stadtrand stehen lassen und sind mit der U-Bahn nach Berlin gefahren. Die Verwandten hatten sich sehr über unseren Besuch gefreut. Nun wollten wir aber auch etwas von Berlin sehen. Vor allem wollten wir uns die Geschäfte ansehen und vielleicht etwas einkaufen. Zu dieser Zeit gab es in Berlin fast alles, was es bei uns nicht gab.

Zuerst sind wir durch verschiedene kleine Geschäfte gebummelt und anschließend in das große Kaufhaus gegangen. Oh Schreck, eine Rolltreppe. Da habe ich mich zuerst nicht drauf getraut. Mein Mann musste mich zerren. Ich habe Angst ausgestanden, bin dann aber gut oben angekommen.

Ich wollte mir gern eine Handtasche kaufen und es waren viele im Angebot. Eine hatte mir besonders gut gefallen, aber da war eine 13 dran. Ich sagte zu der Verkäuferin: „Nein, die 13 bringt Unglück." Die Verkäuferin darauf: „Aber liebe Frau, die 13 ist doch eine Glückszahl." Also habe ich die Tasche gekauft und noch ein Portemonnaie dazu. Ich habe fünfzig Mark in die Geldbörse gesteckt und alles zusammen in die Tasche gelegt. Die Tasche war so schön und ich habe sie immer angeschaut.

Nachmittags, als wir so richtig pflasterlahm waren, wollten wir wir zurück fahren. Die Zeit war knapp und wir mussten laufen, um die U- Bahn noch zu bekommen. Die Männer vorneweg und wir Frauen mit den ungewohnten Hackenschuhen hinterher. Die Bahn war schon da. Die Männer haben uns schnell hinein gesteckt, sonst hätten wir es nicht mehr geschafft.

Kaum waren wir drin, gingen auch schon die Türen zu. Meinen Arm, mit der Tasche in der Hand, hatte ich hinter mir gehalten.

Ruckzuck waren wir schon am Ziel. Die Türen gingen auf und die Tasche war weg und dazu noch die 500 Mark.

Zuerst waren die Tränen gekullert. Aber später, als wir den Verwandten unser Abenteuer erzählt hatten, konnten wir doch darüber lachen.
Jedenfalls fahre ich so schnell nicht wieder nach Berlin, schon wegen der Rolltreppen.

Verirrt im Großstadtdschungel

Schäfermeister Siegfried ist dafür bekannt, dass er immer ein offenes Ohr hat, wenn jemand ein Anliegen hat.

Eines Tages kam eine Firma aus Magdeburg zu ihm und wollte zwei Schafe als Rasenmäher geborgt haben. Sie hatten ein großes Betriebsgelände und die beiden Schafe sollten es von Unkraut frei halten.Das hat auch gut funktioniert.

Als nun aber der Sommer vorbei war, wurden die Schafe nicht mehr benötigt und Siegfried sollte sie wieder abholen. Er hatten allerdings in den nächsten Tag keine

Zeit und die Tiere wurden vorübergehend in ein Tierheim gebracht. Einige Tage später kam Siegfried angetuckert, um die Tiere abzuholen. Ein Schaf hatte er bereits aufgeladen, aber das Zweite war weg. Es hatte sich heimlich aus dem Staub gemacht. Nun begann die Suche.

Alle Beteiligten suchten die Umgebung ab, aber ohne Erfolg. Das Tier musste aber gefunden werden. Es kannte sich in Magdeburg nicht aus. Also wurde die Berufsfeuerwehr alarmiert. Es schlossen sich auch noch verschiedene Magdeburger an. Alles vergebens. Als es dunkel wurde, musste die Aktion abgebrochen werden.

Am nächsten Morgen ging die Suche weiter. Jetzt war zu der Feuerwehr noch eine Polizeieinheit eingesetzt worden, welche bewaffnet waren. Viel hätte nicht gefehlt, dann wäre noch die Bundeswehr alarmiert worden.

Die Magdeburger Bürger, die das Spiel mit angesehen hatten, dachten bestimmt, es wäre ein sibirischer Tiger oder ein Bär aus dem Zoo geflohen.

Die Aktion dauerte einige Stunden. Dann endlich wurde das arme Tier auf einem Schulhof entdeckt und mit einem Netz eingefangen.

Siegfried hatte es dann heim gebracht.
Wie die Kosten wohl verbucht worden sind, die bei der Suche entstanden sind?

Hasenbraten

Vetter Krischan aus Barnecke war eine einfältige Seele. Er hatte in der Feldflur Heu gewendet. Kein Mensch war weit und breit zu sehen. Da hoppelte munter ein Hase heran und er dachte, wie schön es doch wäre, wenn man einen Hasenbraten hätte.

Das Häschen kam immer näher. Da nahm Krischan ganz langsam die Harke verkehrt herum hoch, legte sie ganz nach Jägerart an die Wange, zielte und machte den Finger krumm.
Im gleichen Augenblick fiel ein Schuss. Der Hase machte noch eine Satz und fiel tot um.
Krischan stand starr und beschaute seine Harke von oben bis unten. Er ging zum Hasen und schüttelte ungläubig den Kopf. Krischan sieht seine Harke an und brummt leise vor sich hin: „Wenn ich gewusst hätte, dass das Ding geladen ist, hätte ich nicht geschossen."

Dann aber denkt er in seiner Einfalt an den schönen Hasenbraten und ließ den toten Hasen unter einem Heuhaufen verschwinden. Als ob nichts passiert wäre, wendete er weiter sein Heu. Dabei betrachtete er verstohlen seine Umgebung, aber es war niemand zu sehen.

Plötzlich tauchte der Feldhüter vor Krischan auf. Dieser fängt zu zittern an, denn alles was eine Uniform hatte, bereitete ihm Sorgen.
Aber der Feldhüter war gut gelaunt. „Na Krischan", meinte er, „da hat doch wer geschossen."

Krischan zuckte nur die Schultern. Er wüsste von nichts. „Du wirst doch hier nicht in der Gegend herum geknallt haben?", fragte der Ordnungshüter. Aber Krischan schaute nicht einmal hoch und wendete weiter sein Heu.

Der Feldhüter ging über den Acker und kam wie zufällig an den Heuhaufen vorbei, wo Krischan den Hasen versteckt hatte. Ein Griff und er zeigte dem Verdutzten den Hasen.
Das war Krischan zuviel und er erzählte dem Feldhüter die ganze Geschichte.

Dem Feldhüter saß der Schalk im Nacken, als er Krischan belehrte, dass er auch seiner Harke nicht trauen könnte, denn so ein Ding könnte geladen sein.

Das er der Schütze war, hatte er Krischan nicht erzählt.

Rückblick in die Trabbi-Ära

Unser Trabbi war so langsam in die Jahre gekommen. Wir hatten ihn damals schon gebraucht gekauft. Allerdings war der Preis so hoch wie für ein fabrikneues Auto. Die meisten Teile waren schon ausgewechselt. Auch ein neuer Motor war schon eingebaut.

Nun sollte er noch einmal richtig aufgepeppt werden und wir hatten einen Antrag für eine neue Karosse gestellt. Natürlich verging einige Zeit, bis man an die Reihe kam. Einige Jahre konnte es dauern.

Endlich kam die Benachrichtigung. In drei Tagen musste die Karosse in Zwickau abgeholt werden.

Die Besitzer der Trabbi waren unsere Kinder und diese waren zu dieser Zeit in Urlaub an der Ostsee. Nun hatte ich den schwarzen Peter und musste mich um den Transport kümmern.

Sofort war ich zu unserem Produktionsleiter gegangen. „Herr Schneider. Ich benötige morgen unbedingt einen Lastkraftwagen nach Zwickau."
„Einen LKW nach Zwickau? Wie stellen sie sich das vor? Vollkommen unmöglich. Das kann ich nicht tun."

Nachdem ich ihm die Dringlichkeit erklärt hatte, hatte er auch einen Weg gefunden
„Ja, wenn es sich um einen Trabbi handelt."

Am nächsten Morgen stand der Kraftwagen bereit. Unser Fahrer Peter hatte vorsorglich etwas Stroh auf der Ladefläche verteilt, damit die Karosse nicht beschädigt wurde.

Bis Zwickau waren sie einige Stunden unterwegs. Die Autobahnen waren nicht so ausgebaut wie jetzt.

Und so war es Mittag, als wir endlich im Werk in Zwickau ankamen. Wir mussten warten, bis die Mittagspause vorüber war. Inzwischen durften wir uns eine Portion Suppe aus der Werkskantine genehmigen. Nun kam der Moment, wo wir in den Besitz der neuen Karosse gelangen sollten. Wir hatten uns gewünscht, eine cremefarbene oder eierschalenfarbene Karosse in Empfang zu nehmen. Leider hatten wir nur die Wahl zwischen mostrichfarben oder maigrün. Das Sonnenbeige war etwas angenehmer als dieses scheußliche grün. Somit hatte ich mich für die „sonnenbeige" Karosse entschieden.

Die Arbeiter hatten die Karosse aufgeladen und ordentlich festgezurrt. Damit die Karosse keine Beschädigungen erleidet, hatten wir es mit Stroh gepolstert. Inzwischen hatte sich der Wind aufgemacht und ein Teil von dem Stroh über das Betriebsgelände verteilt. Die Mitarbeiter machten witzige Bemerkungen über das schöne Stroh und ich war froh, als wir Zwickau hinter uns hatten.

Am Hermsdorfer Kreuz wollten wir einen Kaffeestopp einlegen. Wir kletterten aus dem Fahrzeug und mussten lachen. Das Stroh klebte überall an unseren Sachen und auch in unserem Haar. Durch den Stress mit der Karosse hatten wir es gar nicht bemerkt.
Nach der Kaffeestärkung ging es auf zur letzten Etappe.

Inzwischen war der Himmel ganz dunkel geworden und ein Gewitter zog heran. Das konnte ja heiter werden. Ich wusste auch noch gar nicht, wie wir die Karosse abladen sollten.

Es ging allerdings alles gut. Meine Kinder, welche ich telefonisch von dem freudigen Ereignis in Kenntnis gesetzt hatte, kamen aus dem Urlaub zurück und hatten schon alle notwendigen Vorkehrungen getroffen. Kaum war die Karosse abgeladen und in Sicherheit gebracht, begann das Unwetter. Mir konnte es allerdings egal sein. Ich war froh, dass ich diesen Tag hinter mir hatte.

An die „sonnenbeige" Karosse haben wir uns auch gewöhnt. Der Trabbi hatte uns noch viele gute Dienste geleistet und gehörte zur Familie.

Einkauf

Es gibt Tage, da steht man früh mit dem falschen Fuß auf. So erging es mir auch an diesem Tag.

Schon beim Tischdecken fiel der Frühstücksteller auf den Fußboden. Naja, Scherben sollen ja bekanntlich Glück bringen, aber irgendwie funktionierte es nicht.
An diesem Morgen war noch ein Einkauf geplant. Auf meiner Liste stand auch „Schokolade" für Angela. Sie bekam oft Zuckerentzug, wenn wir unterwegs waren. Appetit darauf hatte sie natürlich auch.

Mit dem Auto und Einkaufszettel fuhr ich in unser hiesiges Kaufland. Dort ging ich nun mit dem Zettel durch die Reihen und suchte nach den Produkten. Langsam füllte sich der Einkaufskorb mit einer Tafel Schokolade, Obst, Fleisch und Gemüse. Unterwegs traf ich ab und zu Bekannte und unterhielt mich kurz mit ihnen.

Damals hatte ich noch starkes Übergewicht. Ich fühlte mich nicht wohl und hätte gern abgenommen, aber damals fand ich noch nicht den richtigen Weg. Bisher kritisierte mich niemand wegen dem Gewicht. Allerdings wurde ich manchmal etwas komisch angesehen.

Als ich durch die Einkaufsgänge bummelte, war es genauso.
Noch war ich in Gedanken und sah auf meinen Einkaufszettel, als plötzlich eine Frau in meinem Gesichtsfeld erschien. Als wir auf gleicher Höhe waren, schaute sie zuerst in meinen Einkaufskorb und danach auf mich und sagte: „ Na typisch". Darauf erwiderte ich: „Die Schokolade ist nicht für mich". „Das sagen alle", flötetet sie noch und schwebte an mir vorüber. Ich dachte noch bei mir, ob es noch schlimmer kommen könnte.

Es konnte.

Endlich war ich an der mit meinem Korb an der Kasse angelangt. Vorschriftsmäßig legte ich meine Lebensmittel auf das Band. Ich stand schon der Kassiererin gegenüber, als es plötzlich hinter mir knallte. „Was war das denn?", dachte ich so bei mir und drehte mich um. Hinter mir stand ein Mann mittleren Alters, welcher seine Lebensmittel auf das Band warf. Als sich unsere Blicke trafen, schnauzte er mich an und sagte: Gucken sie nicht so doof. Sehen sie immer so aus?" „Nein, nur montags, mittwochs und freitags", erwiderte ich. Die Kassiererin und auch andere Kunden fielen in schallendes Gelächter. Frustriert schmiss der Mann mit den heruntergezogenen Mundwinkeln seine Waren zurück und den Korb und ging an eine andere Kasse.

An der Kasse bezahlte ich und ging mit dem Korb ein Stück weiter, um die Waren einzupacken. Dort befand sich ein Friseurgeschäft.
Ich dachte, dass ich zwei Stoffbeutel eingepackt hätte und zog nun den zweiten Beutel aus dem Ersten heraus. Aber was war das denn?

Es war ein großer alter weißer Slip von mir, welchen ich sonst nur zum putzen benutze. Vor Schreck sah ich mich um und hoffte, dass es niemand bemerkt hatte. So schnell wie möglich stopfte ich dieses weiße Unikum wieder in den Beutel und verließ so schnell es ging das Einkaufszentrum.

Haartönung

Mit der Haarfarbe ist das so eine Sache. Oft hält sie auf der Kleidung länger als auf dem Haar.

Meine Freundin Carola pflegte jedes Jahr Majoran. Aber in diesem Jahr gab es mehr Unkraut. So fragte sie mich: „Du, wir haben schönes Wetter. Hast du Lust mit auf den Acker zu kommen? Ich organisiere für dich noch ein Fahrrad." Natürlich half ich gern, war an der frischen Luft und die Arbeit kannte ich ja auch schon.

Kurz entschlossen fuhr ich mit meinem Auto auf den Weg in Richtung Norden. Nach einer halben Stunde parkte ich in der Lindenstraße vor Carolas Hoftür. Meine Freundin hatte bereits einen Korb mit Decke und lecker belegten Brötchen fertig gemacht. Die frisch geschliffenen Hacken lehnten bereits an der Wand.

Ich hörte nur: „Warte bitte kurz. Ich hole von der Nachbarin ein Fahrrad für Dich." Ich dachte mir schon, dass ich mit einer Gurke fahren müsste. Einige Minuten später kam Carola zurück. Das Fahrrad sah nicht sehr vertrauenswürdig aus. Klar, es war rostrot und schon älter, aber es hatte eine leichte acht im Hinterrad.

Als Carola meinen skeptischen Blick bemerkte, tauschten wir die Fahrräder. Der Korb mit den leckeren Brötchen und einer Decke wurde auf dem Gepäckträger befestigt. Und los ging es. Nach einigen Minuten fuhren wir an dem Haus von Carolas Schwiegermutter vorbei. Einige Minuten fuhren wir über einen Feldweg bergauf. Auf der rechten Seite tauchte ein weites Majoranfeld auf.

Die Räder lehnten wir an einen Baum, nahmen die frisch geschliffenen Hacken und gingen auf das Feld bis zu Carolas Markierung aus Steinen. Total motiviert begannen wir zwischen den Reihen zu gehen, um Unkraut zu beseitigen.

Ganz unbemerkt zog sich der Himmel zu. Carola sagte nur noch. „Hier ist eine Wetterschneise und es dauert bestimmt nicht lange, bis es regnet." Das war ja total untertrieben.

Kurz darauf begann es leicht zu regnen. Als wir den Feldrand erreichten, goss es bereits in Strömen.

Der Boden wurde schnell feucht und matschig. Gemeinsam stapften wir durch den Schlamm. Mit einem Satz sprangen wir auf die Fahrräder und fuhren bergab in den Ort. Unterwegs konnte ich kaum etwas sehen und so steckte ich meine Brille in meine Hosentasche. Als wir vor der Tür von Carolas Schwiegermutter ankamen, waren wir triefnass und tropften.

Die Schwiegermutter holte uns schnell in ihr Haus und wir rubbelten uns mit Handtüchern trocken. Plötzlich fragte sie mich: „ Haben sie sich verletzt?" Verdutzt sah ich sie an und sagte: „Nein, wieso?" Sie erzählte mir, dass mein T-Shirt total rot sei und dachte, dass es Blut sei. Es war die Farbe von meiner Haartönung.

Damit wir uns keine Erkältung zuzogen, bekamen wir trockene Sachen. Aber was für welche. Die Jogginghose für mich war viel zu groß und in das T-Shirt passten zwei hinein. Carola sah auch nicht viel besser aus. Wie zwei Lumpensammler, aber trocken. Prustend sahen uns an und lachten. Während es draußen regnete tranken wir heißen Tee.

Später fuhren wir wieder zu Carola nach Hause. Geschafft hatten wir auf dem Feld leider nichts, aßen aber noch die aufgeweichten belegten Brötchen. Ein völlig neues Gefühl. Ich kam mir komisch vor, mit diesem

Outfit im Auto nach Hause zu fahren. Ich konnte nur hoffen, dass mich niemand sah.

Tierparkbesuch

Meine Freundin Angela besucht mich manchmal. Heute war Wochenende und sie brachte ihre Enkelin mit. Es war zwar kalt, aber die Kleine wollte gern in den Zoo gehen. In ihrem Wohnort gab es so etwas nicht. Hier haben wir einen schönen Tierpark mit vielen Tieren und einem Streichelzoo. Mit traurigen Augen sah mich die Kleine an und wollte dorthin.
Außer uns war weit und breit niemand zu sehen. Bei diesem ungemütlichen Wetter war es mir klar.

Mit Regenschirm und Kamera bewaffnet marschierten wir wir los. Wir bezahlten die Tickets und eine Tüte Ziegenfutter. Michi fand alles toll und wir lachten viel. Damit betraten wir das entsprechende Gehege. Offensichtlich kannten die Ziegen solche Futtertüten, trabten auf Michi zu und wollten gefüttert werden. Durch die Raschelgeräusche der Tüte wurden sie angelockt. Der Bock war genauso groß wie Michi, so dass sie ängstlich zurück wich. Angela versuchte die Kamera aus der Tasche zu nehmen, um einige Fotos zu schießen. Doch bevor es dazu kam, schnappte der Bock nach der Fresstüte und rannte damit in seine Behausung. Nach einigen Minuten hatte sich Michi von dem Schock erholt und sagte laut: „Du blöde Ziege du!" Angela und ich standen da und mussten lachen.

Die Tüte bekamen wir nicht wieder. Auch der Ziegenbock ließ sich nicht mehr sehen.
Leider hatten wir von dem Vorgang kein Foto schießen können.

Über einen ausgewiesenen Weg spazierten wir an einigen Wildtiergehegen vorbei. Michi war fasziniert. Bekannt ist unser Tierpark für die weißen Tiger. Durch eine Scheibe, konnten wir ihnen fast in die Augen schauen. Michi erfuhr erschrocken zurück, wie groß und nah die Tiger waren. Etwas weiter befand sich ein Gelände mit Ponys. Die Kleine stürmte gleich hin und streichelte diese. Am liebsten wäre sie über die Absperrung geklettert. Langsam begannen wir zu frieren.

Der Rundgang war fast beendet. Ein Gehege mit Affen lud ein, es betreten zu werden. Dort war es war. Kaum waren wir eingetreten, flogen dort Papageien auf die Schulter. Wir waren total überrascht. Auch die Affen waren wahrscheinlich an den Menschen gewöhnt. Sie waren neugierig und kletterten in der Nähe um uns herum. Es war herrlich warm.

Nach einiger Zeit rafften wir uns dann doch auf und gingen zurück zum Auto. Auch dort wurde umgehend die Heizung angestellt. Zu Hause angekommen, hieß es umgehend Kaffee und Kakao anrichten. Dazu gab es leckeren Kuchen.

Stalker

Manchmal höre ich von Freunden, dass es schwierig sein soll einen Partner zu finden. Dann bin ich wohl die Ausnahme.

Vor einiger Zeit war ich stark übergewichtig und suchte nach einem Partner. Es meldeten sich diverse Typen.

Nicht wegen der Herren, sondern weil ich mich nicht mehr wohl fühlte, nahm ich stark ab. Und siehe da, es kamen die ersten Komplimente über das Internet, Bekannte und Personen, die ich beim Einkaufen traf. Das tat mir richtig gut. Naja, immer allein ist auch nicht schön.

So startete ich einen weiteren Versuch mit der Partnersuche über einen Radiosender. Es meldete sich bei mir telefonisch ein Willi. Er schien kultiviert zu sein, wohnte in einem Haus im Harz und hatte studiert.

Täglich rief er bei mir an. Zu Beginn war es angenehm, sich mit ihm am Telefon zu unterhalten. Die Themen waren vielfältig. Es häufte sich aber derartig, dass es nervte. Ständig wurde gefragt: „Wo warst Du? Was hast Du gemacht? Ich habe Dich überall gesucht!! Er gab einfach nicht auf und drängte auf ein Treffen.

So kam es, dass wir uns am Nachmittag in einem Café des hiesigen Einkaufszentrums treffen wollten. Zehn Minuten vor der Zeit suchte ich mir einen Sitzplatz an einem Zweiertisch. Ich saß bequem auf einem Stuhl und trank meinen Tee. Nebenbei schaute ich mir die Herren an. Wer davon konnte denn Willi sein?

Es war schon zehn Minuten über die Zeit und ich wollte gerade aufstehen und nach Hause fahren.
Plötzlich stand ein Mann unschlüssig in der Nähe und

tigerte immer hin und her. War das mein Date? Willi sah mich an, kam zu mir an den Tisch und fragte: "Sind Sie Anna?"
Ich nickte nur.

Er setzte sich an den Tisch und bestellte für sich einen Kaffee. Also nahm ich mir noch etwas Zeit und setzte mich dazu.
Willi war etwas größer als ich, schlanke Erscheinung mit einem Dreitagebart. Auf dem Kopf trug er eine Schiebermütze. Mein Typ war er nicht. Allein schon das graue alte Hemd und schlodderige Hose trugen auch nicht gerade zu einen guten Eindruck bei.
Er war aber nun einmal da. Als hörte ich höflich zu, was mir mitgeteilt wurde.

Mein neuer Bekannter erzählte mir alles mögliche aus seinem Leben und übergab mir seinen ausgedruckten Lebenslauf. So hatte ich mir unser erstes Treffen nicht vorgestellt. Ich wollte ihn nicht verletzen, weil er nicht mein Typ war. Er hatte ein Augenproblem, war dünn und sah ungepflegt aus.

Wir saßen etwa eine Stunde zusammen. Es wurde Zeit und ich wollte gehen.Ich gab ihm zum Abschied die Hand. Er übersah diese einfach und drückte mich an sich, so dass ich Schwierigkeiten hatte mich zu lösen. Die Menschen bekamen schon die Umärmelung mit. Es war mir sehr unangenehm.
Nach dem dritten Versuch gelang es mir endlich.

Auf sein drängen, händigte ich ihm meine Telefonnummer aus. Er war so traurig und wollte mich nur manchmal anrufen. Das war allerdings ein Fehler, wie ich später bemerkte.
Gleich am nächsten Tag klingelte bei mir das Telefon. Mir schoss umgehend durch den Kopf, wer mich anruft. Wir sprach über Hobbys und vieles mehr. Aus einem Anruf

wurden viele.

Irgendwann erzählte ich ihm, dass ich aus Kalenderblättern Geschenktüten basteln würde.
Zwei Tage später rief mich Willi wieder an. Er hätte eine Überraschung für mich. Unhöflich wollte ich nicht sein. Es liegt mir einfach nicht. Er wollte mir Kalenderblätter vorbei bringen. Also sagte ich ihm, dass er am nächsten Tag kurz kommen könnte. Irgendwie war ich nervös und wusste nicht, was ich gegen den Willi tun könnte.
Ich erzählte einer Freundin aus Magdeburg von Willi und dem Problem, wie ich ihn los werden könnte.

Sie lachte und sagte mir: „Lass ihn am Nachmittag kommen und koche ihm Kaffee. Der ist so dünn, da kommt er bestimmt nicht wieder." Diesen Kommentar nahm ich als Teetrinkerin mit Humor.

Den ganzen Tag war ich aufgeregt. Am Nachmittag war es soweit. Nun kochte ich den Kaffee und deckte den Tisch. Kaum war ich damit fertig, da klingelte es bereits an der Tür. Davor stand Willi mit einem Kalenderblatt sowie einer roten Rose in der Hand. Na toll.

Wir tranken Kaffee und sprachen miteinander. Nach einer knappen Stunde verabschiedete er sich von mir und sagte: „ Danke für den wundervollen Kaffee." Das ging schon einmal völlig nach hinten los. Da hätte ich mir ebenso eine Tüte über den Kopf ziehen können.
An den weiteren Tagen erfolgten täglich mehrere Anrufe.

Einige Zeit später musste ich mich einer Operation in der Uniklinik in die Bezirksstadt unterziehen. Willi informierte ich darüber und hoffte endlich Ruhe zu haben. Es war auch ein triftiger Grund. Immerhin konnte er ja mit seinem Sehschaden nicht so weit mit dem Auto fahren.

In der Klinik lag ich mit einer älteren Dame zusammen im Krankenzimmer. Die Operation hatte ich gut überstanden, als es plötzlich klopfte. Von der Stationsschwester erfuhr ich, dass mein Mann mich in der gesamten Uniklinik suchen würde. „Was?", habe ich gefragt. „Ich habe keinen Mann!" Er hätte auf sämtlichen Stationen angerufen und gefragt, wo ich zu finden sei. Es war mit total peinlich. Das konnte doch nicht wahr sein. Es entwickelte sich zu einem Alptraum.

Das konnte doch nur Willi sein.
Einige Tage waren vergangen und es war Sonntag. Die Dame im Nachbarbett bekam Besuch von ihrer Familie. Sie saßen auf den Stühlen um ihr Bett herum. Ich nahm mir ein Buch und las gerade etwas, als es plötzlich klopfte.

Ich traute meinen Augen nicht. Willi stand mit einem Grinsen im Gesicht, einem Strauß Blumen und einer Flasche Fruchtsaft in der Tür. Mir saß der Schock im Gesicht geschrieben. Wie war er denn überhaupt bis nach Magdeburg gekommen? Er wird doch nicht etwa die Strecke mit dem Auto gefahren sein?

Ich traute meinen Augen nicht, als ich sah, dass er sich nicht auf einen Stuhl setzte, sondern sich auf mein Bett pflanzte. Entsetzt zog ich meine Bettdecke bis zum Hals. Er sprach unaufhörlich auf mich ein und tätschelte an mir herum. Meine Zimmernachbarin bekam auch mit, dass die Situation für mich peinlich war. Die anderen Gäste bekamen meine unliebsame Situation ebenfalls mit. Was sollte ich denn nun tun?

Nach einer halben Stunde sagte ich ihm, dass es mir nicht gut ginge. Endlich verließ er den Raum. Die Stationsschwester sah mich an und schmunzelte. Sie verstand mich.

Einige Tage später bekam ich eine andere Zimmernachbarin. In unsere Freizeit saßen wir am Tisch und spielten Karten. Ständig klingelte mein Handy. Ich ließ es läuten. Nach einer Weile wurde ich gefragt, warum ich nicht antworte. So erzählte ich ihr von Willi und meinem Problem.

Wie aufs Stichwort klingelte mein Handy. Innerlich zuckte ich schon zusammen. Meine Nachbarin nahm mir das Telefon ab und meldete sich mit: „Partnervermittlung Lehmann!" „Was hat sie gerade gesagt?" Konfus sah ich sie an. Ein Lächeln kam von ihr und das Telefon lag wieder auf meinem Tisch. „So", nun hast du Ruhe!" Es war wirklich niemand mehr dran.

Die Ruhe währte allerdings nicht lange. Nach zwei Tagen klingelte es wieder. Ich erfuhr, dass er sich sicher verwählt hätte.

Einige Tage später wurde ich nach Hause gelassen und ich bat meine Freundinnen und dem Klinikpersonal niemand etwas davon zu erzählen.

Meine Freundinnen versuchten mich zu erreichen. Was war denn los? Sie erzählten mir, dass ein Willi seine große Liebe sucht und sie sollten ihm sagen, wo ich bin. Bisher hatten sie gesagt: „Er ist so ein ruhiger und netter Mann." Nun begann ein richtiger Terror.

Das konnte doch nicht wahr sein. Er machte mein ganzes Umfeld verrückt.
Ich wollte einfach nur noch meine Ruhe vor ihm haben. Meine Freundinnen waren von seinen Anrufen ebenfalls genervt.

Zu Hause waren die Gardinen zugezogen und das Licht

blieb aus. Durch das Fenster sah ich, dass ein silberfarbenes Auto gegenüber meinem Block parkte und ein Mann Tag und Nacht drin saß. War es Willi? Auch wenn ich das Haus verließ, sah ich mich ständig um. Weiterhin klingelte ständig zu Hause das Telefon. Die Nummer auf dem Display war stets die Gleiche. Ich nahm nicht ab und war nicht erreichbar. Irgendwann würde er sicher aufgeben.

Am Mittwoch sprach ich mit einer Freundin am Telefon. Kaum legte ich den Hörer auf, als es wieder klingelte. Auf dem Display stand wieder die bekannte Nummer und ich reagierte nicht. Wahrscheinlich bemerkte dadurch Willi, dass besetzt war ich ich zu Hause wäre.

Er sprach auf meinen Anrufbeantworter: „Ich habe dich mehrfach um Rückruf gebeten. Da du es nicht getan hast, beende ich mit sofortiger Wirkung unsere Beziehung!"

Endlich war ich ihn los. Wir hatten zwar nie eine Beziehung miteinander, aber von nun an hatte ich meine Ruhe vor ihm.

Angeln

Mein Schwiegervater war ein leidenschaftlicher Angler. Auf dem Weg zur Arbeit suchte er bereits nach Regenwürmern. So war es auch an diesem Tag.
In der Nacht hatte es geregnet. Seine Brotstullen waren in einer Tüte eingewickelt und zusätzlich in einer Brottasche untergebracht.

Auf dem Weg zum Job ging er durch einen Park. Es geschah, was er erhofft hatte. Auf dem fechten Boden krochen einige Regenwürmer aus der Erde. „Prima", dachte er Kurzentschlossen wickelte er die Brote in die

Tüte und die Regenwürmer in die Brottasche.

Er war in Gedanken versunken und bückte sich nach weiteren Würmern.
Wer kam da? Schritte waren zu hören. Es war eine alte Dame, welche nur beobachtet hatte, wie er die Regenwürmer auflas und und in die Brotbüchse tat. Unverhofft sagte sie nur:" Sie altes Ferkel!" Zuerst war er erschrocken, doch dann musste er schmunzeln. Was die Dame wohl gedacht hatte. Kopfschüttelnd ging er weiter auf Arbeit.

Am nächsten Tag war Wochenende und mein Schwiegervater wollte mit uns allen nach Berga Kelbra angeln fahren.
Außer dem Angelzeug wurden noch ein Zelt und Verpflegung mitgenommen. Alles wurde ins Auto verstaut und los ging es.

Kaum waren wir am See angekommen, wurde zuerst von unseren Männern das Zelt aufgebaut. Eigentlich wollte mein Schwiegervater seinen Söhnen das Angeln versüßen. Aber irgendwie gelang es ihm nicht so recht. Die Herren saßen auf einer Decke vor dem Zelt und ließen sich Kaffee und Kuchen schmecken.

Meine Schwägerin Claudia und ich saßen auf am Ufer mit Angelruten in den Händen. Wir hörten nur manchmal Ratschläge wie wir angeln sollten. „Achtet auf den Schwimmer und wenn sich etwas bewegt, müsst ihr laut rufen".

Plötzlich war der Schwimmer im Wasser verschwunden und die Angelsehne spannte sich. Sofort riefen wir aus vollem Hals los: „Kommt schnell her. Es hat ein Karpfen angebissen". Umgehend hörten wir zuerst das Geschirr klappern und anschließend Getrampel. Es war ein einziges Chaos. Mein Schwiegervater, Schwager und mein Mann kamen kopfschüttelnd angerannt.

Während wir Frauen versuchten den Fisch mit der Angel an Land zu ziehen, hatten die Männer die Käscher geschnappt und versuchten den Fisch dingfest zu machen. Mein Mann ist bei diesem Versuch, den Karpfen mit dem Käscher herauszuziehen fast die Böschung hinunter gerutscht. Das war ein Bild.

Endlich war es soweit. Es war Schwerstarbeit und im Eimer schwamm ein Spiegelkarpfen. Ich hätte nie gedacht, dass angeln so aufregend und spannend sein kann.
Bevor wir nach Hause fuhren, betrachteten wir unsere Beute.
Unsere Ausbeute waren zwei Karpfen und ein Aal.

Zu Hause ließen wir die Fische in der Badewanne schwimmen und gingen gemeinsam in den Gemeinschaftsraum, welcher sich im Kellerbereich befand. Dort saßen wir und unterhielten uns, bis ein markerschütternder Schrei durch das ganze Haus fuhr. Oje, die Fische hatten wir total vergessen. Es ertönte nur: „Ihr alten Schweine!" Es war die Schwiegermutter, welche von der Arbeit kam und die Fische gefunden hatte. Sie hörte erst mit dem Geschrei auf, als wir die Karpfen im Haus verteilt hatten. Nur um den Aal haben wir gekämpft.

Es war geplant, den Fisch für das Abendessen zuzubereiten. Er war schon lecker gewürzt und in Mehl gewälzt.

Voller Vorfreude saßen wir bequem wir im Wohnzimmer, als das Geschrei wieder begann. „Was war denn jetzt schon wieder los?" Der Aal zuckte in der Pfanne und die Schwiegermutter erschrak. „Er lebt, er lebt", hörten wir nur. Mühsam unterdrückten wir ein lächeln.

Fast alle ließen es sich schmecken. Nur die Schwiegermutter streikte und aß etwas anderes.

Rotkäppchen

Mit Wein und Tiefkühlkuchen wollte Rotkäppchen die Großmutter besuchen.
Und wie es ging durch den Wald zum Haus, sieht es von weiten schon, die Großmutter ist nicht zu Haus.

Die Garage ist offen, der Wagen fort.
Stimmt, heute ist Montag, da hat sie Sport.
Dienstag und Mittwoch ist sie ausgebucht, weil sie den Kurs in der VHS besucht.

Englisch, italienisch, malen und stricken, auch Yoga, das ist gut für den Rücken.
Und am Donnerstag, du gütiger Vater, da probt sie für das Seniorentheater.

Am Freitag geht sie zum Kegelverein, Samstag zum Shoppen, denn das muss sein.
Sonntags ist an der Tür ein Zettel nur, ich bin mit Freunden auf Tour!

Ruft man sie vielleicht mal an, ist nur der Anrufbeantworter an.
Und käme der Wolf mal vorbei geschlichen, in 5 Minuten wäre er verblichen.
Denn Oma macht Karate Kurs Nummer 10 und den Schlag auf die Schnauze würde er nicht überstehen.

Und klopft der alte Förster mal bei ihr, dann sagt sie: „Nein, mein Lieber, nicht bei mir.
Kann alleine besser leben, alte Männer muss man nur pflegen!"

Rotkäppchen sieht sich im Zimmer um, alles in Ordnung, nichts liegt rum.
Da steht der Videorecorder und der Fernsehapparat. Da ist der Computer und der Monitor sowie ein bequemer Stuhl davor.
Den braucht Oma, denn statt ins Bett geht sie surfen im Internet.
Rotkäppchen überlegt. Soll ich es mal versuchen, die Oma auf dem Handy anzurufen?

Dann lässt es die Finger davon, denn Oma ist bestimmt wieder in Aktion.
Sie stellt alles hin, was sie mitgebracht, denn Oma kommt bestimmt nicht vor Mitternacht.
Dann schmunzelt es ganz stolz, die Omas von heute sind aus ganz besonderem Holz.

Ersatzwagen

Es war wieder einmal soweit. Mein schönes Auto braucht wieder einmal TÜV. Damals arbeitete ich in einer Großstadt. Von der Autofirma bekam ich einen Ersatzwagen, damit ich auf Arbeit kam. „Kein Problem", bekam ich zur Antwort.

Persönlich liebte ich mein Fahrzeug mit Fließheck und wenig Elektronik.

Nach Feierabend brachte ich meinen Toyota in die Firma und wollte einen einfachen Wagen für den Übergang, bis die Reparatur beendet war. Dies teilte ich dem Mechaniker Andreas mit. Er grinste nur und verschwand. Kurze Zeit später wusste ich auch warum.

Am Service bekam ich die Fahrzeugpapiere und Schlüssel mit dem Kommentar: „Das Auto steht um die Ecke".

Nun war ich neugierig, was mich erwarten würde. Ich traute meinen Augen nicht. Es war ein großer weißer Mitsubishi. Mir graue es bereits bei dem Anblick. Wie sollte ich damit nur bis nach Magdeburg kommen?

Als ich mich hinter das Lenkrad setzte, reichte ich mit den Füßen nicht an die Pedale und überall waren Knöpfe, Schalter und Hebel. Ich fühlte mich wie ein Affe auf einem Schleifstein. Fest stand, das Gefährt muss mir jemand erläutern.

Mein Mechaniker hatte sich lächelnd verzogen und eine nette Dame vom Service versuchte mir die Technik des Wagens zu erklären. Gespannt hörte ich zu. Verstanden habe ich nur einen Bruchteil.

Zuerst stellten wir den Sitz auf meine Größe ein. Nach einiger Zeit konnte, ich bequem und funktionell sitzen. Einige Knöpfe und Hebel wurden mir noch erklärt. Nun hatte ich Schlüssel und Papiere des Wagens überreicht bekommen.

So schwierig konnte es doch nicht sein. Draußen war warm und so drückte ich kurzentschlossen auf den

Knopf, damit die Autoscheibe nach unten gleitet. Irgend etwas ging schief. Alle Fenster öffneten sich, was ich natürlich nicht wollte. Also wieder alles auf Anfang. Mein Gott, das konnte etwas werden.

Fest entschlossen saß ich im Wagen und fuhr langsam im ersten Gang an den Straßenrand. Es war schwierig, weil das Auto viel Power hatte. Es war kein fahren, sondern eher ein Gehoppel. Die Fahrt nach Hause war eine reine Zitterfahrt im zweiten Gang. War ich froh, als ich den weißen Mitsubishi hinter dem Haus geparkt hatte. Nur keine Hebel und Knöpfe betätigen. Bevor ich ins Haus ging, wollte ich noch den Kofferraum öffnen. Irgendwie funktionierte es nicht. Ach egal, den brauchte ich nicht.

In der Nacht hatte ich schlecht geschlafen. Den Wecker hatte ich etwas früher eingestellt.
Nach dem Frühstück marschierte ich mit meinen Arbeitsunterlagen zum Auto. Der Kofferraum ging immer noch nicht auf. Kurzentschlossen wurden die Unterlagen auf dem Beifahrersitz platziert.

Vorsichtig fuhr ich in unsere Landeshautstadt zur Arbeit. Auf der Schnellstraße machte es viel Spaß aufs Gaspedal zu treten. Das Auto hatte sehr viel Power. Einfach klasse.

Auf dem Parkplatz stellte ich das „Schiff" auf einen Platz, wo weit und breit kaum ein Auto stand. Nach der Arbeit war ich froh, dass ich gut vom Parkplatz kam. Auf dem Rückweg fuhr ich bereits sicherer.

Das Auto durfte ich am Wochenende noch fahren und sollte es erst am Montag zurück in die Autofirma bringen. Gern kurvte ich mit diesem Wagen durch unsere Gegend.

Endlich war Wochenende. Nach dem Frühstück entleerte ich draußen den Müll, als der erste Nachbar aus dem Fenster rief: „Herzlichen Glückwunsch!" Im ersten Moment wusste ich nicht, was er meinte und er gratulierte mir zu meinem neuen Auto. Daraufhin klärte ich den Herrn auf und wollte soeben wieder in die Wohnung gehen, als ich plötzlich die Stimme eines anderen Nachbarn vernahm. „Na, wieder ein neues Auto?" „Klar, jedes Jahr ein Neues!", entgegnete ich. Es geht nichts über neugierige Nachbarn.

Am Montag fuhr ich nach der Arbeit wieder in die Autowerkstatt und konnte mein geliebtes Fahrzeug abholen. War ich glücklich.

Der Chef der Autofirma kam persönlich und fragte mich, wie mir der Mitsubishi gefallen habe. Offensichtlich wollte es mir den Wagen verkaufen. Nach einiger Übung fand ich den Wagen toll, aber mein geliebter „Hubi" fehlte mir.

Ich wollte meinen dschungelgrünen Toyota behalten, gab die Schlüssel zurück und beglich die Rechnung.

Mit einer neuen TÜV-Plakette fuhr ich nach Hause. Irgendein Kommentar würde sicher von Nachbarn kommen.

Navi

Ich gehöre zu den Frauen, die einen Orientierungssinn wie eine Bockwurst haben. Wahrscheinlich bekam ich aus diesem Grund zu meinem Geburtstag von einer Freundin ein Navi geschenkt.

Unsere nächste Reise stand demnächst an. Es ging zum Sachsen-Anhalt-Tag nach Gommern. Dort sollte ich eine

Lesung in einem Klinikum durchführen.

Am Morgen traf ich mich mit meiner Freundin Angela auf halber Strecke. Treffpunkt war der Parkplatz am See.

Beiden trafen wir pünktlich ein. Ich packte meine Taschen in Angelas Kofferraum und stieg in ihr Auto. Die Adresse von Gommern hatte ich auf einem Zettel in meiner Jackentasche. Die Daten gab ich im Navi ein und los ging es. Wir folgten den Anweisungen der Dame. Es ging durch einige bisher unbekannte Ortschaften. Ich stellte zwischendurch fest, dass der Pfeil im Navi irgendwie über ein Feld führen würde.

Nach fast zwei Stunden führte uns das Navi durch die Innenstadt. Überall waren Stände, Autos und Menschen. Und wir gurkten uns durch die engen Straßen. Die Zieladresse befand sich am Randgebiet der Stadt. Wahrscheinlich hätten wir gar nicht durch den ganzen Ort fahren müssen. Aber nun waren wir endlich angekommen und parkten auf dem Klinikgelände.

Die Veranstaltung war gut besucht und wir wollten uns noch etwas in den Trubel stürzen, vieles ansehen, Fotos schießen und etwas essen. Angela sagte zu mir: „Du, lass uns in den Trubel stürzen". Überall war viel zu sehen und Erlebnisse. Karussells, Verkaufsstände, Musikbühnen und vieles mehr zu sehen. Alles werden wir nicht erkunden können. Um die Mittagszeit knurrte uns der Magen und wir aßen jeder eine Schmorwurst. An einen Stand wurde mittelalterlich gegrillt. Angelas Hunde blieben stehen und rümpften die Nasen. Der Herr am Stand wickelte für die Hunde riesige Knochen ein. Das sah komisch aus. Der Knochen ragte aus dem Rucksack. Ich musste grinsen, weil ich mir vorstellte, dass und viele Hunde hinterher laufen würden. Das wäre eine Rattenschlange bis zum Auto gewesen.

Nach einigen Stunden begann es zu regnen. Uns kamen Leute mit Regencapes entgegen. Das war die rettende Idee. Auf Nachfrage erfuhren wir, dass an einigen Bühnen kostenlos Regenumhänge verteilt wurde. Also nichts wie hin. Wir sahen vielleicht aus. Als ob wir uns in einem Kondom befinden würden. Wir waren wir fußlahm und gingen zurück zum Auto.

Ich gab die Daten vom See in das Navi ein und wir fuhren los. Schaun wir einmal, wohin es uns führen wird. Nach einigen Kilometern stand am Straßenrand ein Schild, worauf Magdeburg stand. Angela sagte: „Lass uns in diese Richtung fahren. Da kenne ich mich aus."

Unsere Landeshauptstadt hatten wir nun hinter uns. Kaum hatten wir die nächste Abfahrt erreicht, starteten wir das Navi neu und gaben die Adresse vom See ein. Dort stand ja mein Auto und wartete auf mich.

Wir wurden von der Dame im Navi auf eine Landstraße geleitet. Etwas weiter rechts sahen wir die Fernstraße. Diese hatte das Gerät wahrscheinlich noch nicht auf dem Schirm. Aber dort kamen wir leider nicht hin. Die Straße verlief parallel zu unserer Holperstrecke, nur der Acker und Bäume lagen dazwischen. Unser Navi zeigte an, dass wir 8 Kilometer geradeaus fahren sollten. Kunststück. Es ging ja nur geradeaus. Die Straße bestand aus Kopfsteinpflaster und der Navi zeigte an, dass wir 100 km/h fahren dürften. Wir kamen gerade mit 20 km/h vorwärts. Das Auto klapperte und wir hatten Angst, dass der Opel auseinander fiel. Am Straßenrand waren Obstbäume gepflanzt und dazwischen stand ein DIXI-Klo.

Diese Kilometer wurden zur reinen Horrorfahrt. Viele Schlaglöcher. Früher waren hier sicher die Kutschen unterwegs.

Mit gemischten Gefühlen kamen wir am Ortseingang an. Am Ortsrand standen zwei Frauen, die sich gewundert hatten, wo wir her kamen. Bei unserem Anblick steckten sie die Köpfe zusammen und tuschelten.
Sicher war es ungewöhnlich, dass aus dieser Richtung Autos kamen.
Nur noch wenige Kilometer auf normaler Straße und wir waren wieder am See angelangt.

Nun wussten wir, dass wir das Navi aktualisieren mussten und waren gespannt auf unsere nächsten Reisen wohin uns das Navi führt.

Feuerleiter

Zu tiefsten DDR-Zeiten gab es in Betrieben die Zivilverteidigung. Dort wurden für Havarienfälle geübt. Die Mitarbeiter Mitarbeiter halfen ehrenamtlich mit. Damals war ich für die Organisation zuständig.

Unsere Sekretärin Gerdi war ein Unikat. Sie hatte deftige Hüften und immer eine Flasche Eierlikör im Schreibtisch stehen.

Irgendwann kam sie auf mich zu und fragte, ob sie bei der „Ersten Hilfe" mitmachen könne. „Na klar", entgegnete ich. Gleich am nächsten Tag war eine Übung geplant. Voller Stolz stand Gerdi mitten in der Frauentruppe.

Insgesamt nahmen drei Gruppen an der Übung teil. Dazu gehörte die Betriebsfeuerwehr, Bergung und Erste Hilfe.

In einer Halle sollte ein Brand mit Rauchbomben simuliert werden. Anschließend war geplant, dass die die Damen der Ersten Hilfe über eine Treppe auf das Dach steigen und über die Außenleiter das Haus verlassen sollten. Alles kam an diesem Tag völlig anders.

An dieser Leiter waren breitere Ringe angebracht, wo man sich ausruhen oder abstützen konnte.
Was niemand ahnen konnte, wurde Wirklichkeit. Aus der geplanten Übung wurde eine Katastrophe.

Nach einer Weile staunte ich nicht schlecht. Es wurde durchgezählt und es fehlte jemand. Unsere Gerdi. Wo war sie denn nur?
Sie konnte doch nur im Gebäude sein. Nun wurde es ernst, weil inzwischen schon Rauchwolken hinaufstiegen.

Die Bergungsgruppe suchte mit Gasmasken im Haus nach Gerdi. Erschwert wurde es durch den Rauch, welcher sich weiter ausgebreitet hatte. Nach einer Weile erhielt ich die Nachricht „Gerdi ist gefunden worden".

Natürlich waren wir froh, dass sie wieder da war. Aber was war geschehen?
Die Bergungsgruppe erzählte mir, dass sie sich in der Damentoilette eingeschlossen hatte. Unsere Männer mussten über die Tür klettern und Gerdi auf der Trage nach außen bugsieren, was keine leichte Aufgabe war. Sie war durch den Qualm in Ohnmacht gefallen.
Den Rest der Geschichte erfuhr ich am nächsten Tag von Gerdi. Sie erzählte mir, dass sie mit den anderen Frauen auf dem Dach war. Als die anderen Frauen die Außentreppe hinunter geklettert waren, bekam Gerdi Angst. Sie schaute die Stufen hinunter und dachte, dass sie mit ihren Hüften stecken bleiben würde.
Sie schlich sich heimlich zurück in das Gebäude und schloss sich in der Toilette ein. Dort wollte sie warten, bis

die Übung vorbei war.

Zuerst mussten wir etwas schmunzeln. Es hätte allerdings auch anders ausgehen können. Künftig verzichtete Gerdi auf Übungen.

Reha in Thüringen

Vor einigen Jahren durfte ich erstmals zu einer Reha fahren. Mein Arzt riet mir dazu, weil ich Knieprobleme hatte. Zwei Tage zuvor wurden bereits meine Koffer abgeholt.
Mit dem Zug und Handgepäck führte mich mein Weg nach Thüringen. Es war eine angenehme Fahrt und ich konnte die Umgebung bewundern.

Am Bahnhof wurde ich bereits von einem Taxi erwartet, welches mich und weitere Kurgäste zu Rehaklinik fahren sollte.

In der Klinik war alles hell und freundlich. An der Rezeption standen bereits mehrere Kurgäste mit diversem Gepäck. Ich hätte nie gedacht, dass an einem Tag so viele Gästen kamen. Ich ließ meine Blick durch den Raum und die Leute schweifen. Vielleicht gab es nette Kontakte. Immerhin sollte ich hier drei Wochen verbringen. Wie würde die Zeit werden?

Nach einer halben Stunde hatte ich meine Unterlagen und den Zimmerschlüssel. Ich war in der zweiten Etage untergebracht. Das Gepäck wurden von den Schwestern in die Zimmer gebracht.

Diese waren sehr schön eingerichtet mit Fernseher und Balkon. Auf dem Bett lagen vier Handtücher und Informationsmaterial auf dem Nachttisch.

Auf einem Zettel stand, dass ich sofort in das Schwesternzimmer kommen möchte zur Aufnahme und Test.

Mein Magen begann zu knurren. Es war Mittagszeit. Zum Speiseraum musste ich mich durchfragen. Endlich hatte ich ihn gefunden. Die Neuankömmlinge wurden zuerst an Extratische platziert. Neben mir saßen noch weiten Damen und Herren, welche ebenfalls neugierig waren.

Das Essen schmeckte und ich hatte nette Tischnachbarn. Alles Frauen in meinem Alter. Zwei Damen waren bereits zwei Wochen hier und gaben diverse Tipps und Ratschläge. Unser Tisch stand mitten im Speiseraum. Das hatte den Vorteil vieles mitzubekommen.

Schon nach einigen Tagen hatten sind Gruppen gefunden. Das ergab sich durch gemeinsame Therapien. Zu unserem Trupp gehörten drei Frauen aus dem Osten und weiter drei aus dem Westen. Eine gute Mischung.
Bis auf Eva vom Bodensee waren wir alle auf Reduktionskost gesetzt.

Es machte schnell die Runde, dass es im Ort ein Kartoffelhaus gab.
Gleich am Abend wollten wir dort vorbei schauen. Wir staunten nicht schlecht, als wir dort ankamen. Sämtliche Kurgäste, welche auf Diät waren, aßen dort.
Die Gaststätte war zwar gemütlich aber sehr voll und so gingen wir in ein Fischrestaurant.

Jeder aß eine Forelle, welche den gesamten Teller einnahm. Nach dem Essen konnten wir uns kaum bewegen, so satt waren wir. Es schmeckte toll, aber wir bekamen einen riesigen Durst. Auf dem Rückweg unternahmen wir noch einen ausgedehnten Spaziergang durch die Parkanlage. Unterwegs kauften wir uns noch Getränke ein, welche wir am Abend genossen.

Im Veranstaltungsplan war eine Floristikmeisterschaft empfohlen. Eva hatte am Bodensee einen Blumenladen und überredete uns, dass wir dorthin gehen sollten.
Der Plan stand also.

Nach dem Mittagessen gingen wir zu dieser Veranstaltung. Unsere Kleidung war normal, bis auf Bea, welche im Jogginganzug los trabte.

Wir waren total überrascht, als die Gäste im Smoking und Abendkleid die Runden drehten. In den Vitrinen waren Blumen und Gestecke ausgestellt. Ich fühlte mich nicht so wohl, weil ich nicht passend gekleidet war.
Einige Zeit bestaunten wir die Ausstellung.
Der Kellner kam lächelnd mit einem Tablett mit Sektgläsern auf uns zu. Jeder nahm sich ein gefülltes Glas und wir wandelten um die die geschmückte Floristik.
Es waren herrliche Gestecke zu sehen.

Schnell verging die Zeit und wir wollten bald in die Reha zum Abendessen. Alle hatten Hunger. Kurz bevor wir gingen hörten wir plötzlich, dass die Floristen ausgezeichnet werden sollten.
Ein Herr im Anzug nahm die Siegerehrung vor. Ein besonderes Ereignis für uns. Es war sehr interessant. Hinter ihm befand sich eine Schiebetür. Was war dahinter verborgen?

Plötzlich sagte der Herr: „ Das Buffet ist......" Bevor er zu Ende sprach, sah ich Bea schon in den Startlöchern stehen und wollte sich auf das Essen stürzen. Das konnte doch nicht wahr sein. Kurz entschlossen versuchte ich sie am Ärmel festzuhalten, um sie daran zu hindern. Es gelang mir leider nicht so richtig. Bea war weg und ich hatte ihren Ärmel in der Hand.

Oh man, war das peinlich. Heimlich schlichen wir uns zurück in die Klinik. Bea sahen wir an diesem Abend nicht mehr.
Das Wochenende stand bevor. An der Rezeption lagen Zettel mit Veranstaltungstipps. Unsere Gruppe setzte sich gemütlich in die Sessel der Lounge und besprachen unser Vorgehen. Eine Rennsteigwanderung über den ganzen Tag wurde angeboten. Warum auch nicht? Das Wetter war toll und die Sonne schien. In zwei Stunden sollte die gemütliche Wanderung beginnen.

Zehn Minuten später standen wir umgezogen und mit Rucksack auf dem Rücken vor dem Ausgang. Dort war der Treffpunkt. Es gesellten sich noch andere Kurgäste dazu. Der Rennsteig ist ja bekannt. Eine Therapeutin sagte uns: „Es wird eine gemütliche Wanderung mit einen Zwischenstopp zum Mittagessen in einer Waldgaststätte.

Zuerst begann es gemütlich durch den Wald. Zwischendurch waren Hindernisse aus Holz aufgebaut. Vorsorglich gingen wir drum herum. Die Gäste, welche fit waren sprangen hinüber. Nach zwei Stunden Wanderung durch die herrliche Luft, kamen wir an einer schnuckeligen Waldgaststätte an. Es war sehr idyllisch und das Essen schmeckte.

Am Nachmittag traten wir unseren Rückweg an. Wir hatten uns in der Zeit vertan, so dass mit einen schnelleren Marsch hinter uns bringen mussten.

Kurz vor dem Abendessen sahen wir unsere Reha. Hunger hatte ich nicht mehr. Ich trank nur noch ein Glas Wasser und fiel ins Bett.
Am Abend war ein geselliger Tanzabend geplant, aber dazu kamen wir nicht mehr, so kaputt waren wir von der Wanderung.

Auf unserem Flur war auch ein älterer Herr untergebracht. Wir bekamen mit, dass er scharf auf eine Wasserstoffblondine aus Baden-Baden war. Irgendwer kam auf die Idee und sagte dem Herrn: „Wenn wir eine Flasche Sekt erhalten, sprechen wir mit ihr." Gesagt, getan. Zwei Damen aus unserer Gruppe überzeugten die Dame. Der ältere Mann wollte ihr die Verlängerungswoche bezahlen, wenn sie bleibt.

Am Abend stand eine Flasche Sekt vor der Tür. Heimlich besorgten wir uns aus der Küche Tassen. Mit Tassen und Sekt verzogen wir uns nach dem Abendessen in eine geheime Ecke und genossen das Gesöff. Uns ging es gut. Es war schon dunkel, als wir uns wieder in unsere Zimmer begaben.

Am nächsten morgen duften wir alle zur Blutabnahme und Kontrolle. Uns erwartete eine eigenartige Reaktion der Schwester. „Hmm, war gestern etwas? Ihre Blutwerte sind etwas ungewöhnlich." „Nein, wieso? Alles wie immer!". Alle schmunzelten und dachten sich ihren Teil.

Am nächsten Tag war meine Abreise. Es war für mich sehr traurig. Während der Reha habe sich neue Freundschaften gebildet und mir fand der Abschied sehr schwer.
Wir haben uns gut erholt eine schöne Zeit gehabt.

Meine Freundinnen standen vor der Tür und sangen das Lied „Ein weißer Schwan".
Mit Tränen in den Augen fuhr ich nach Hause.

Autofahrt

Meine Freundin Sonja war Single und hatte einen

Vaterkomplex. Damals hatte ich ihren Bekannten für ihren Vater gehalten. Als ich Sonja damals darauf ansprach, antworte sie nur: „Er ist zeitlos". Ich konnte es nicht fassen und antwortete: „Mumien sind das auch."

Ihr Heinz wohnte in einer Neubauwohnung einer Großstadt. Sonja hingegen bewohnte ein altes Haus auf dem Dorf. Sie wollte immer einen Mann, der sie ausführte und verwöhnte. Hauptsache ein Leben in der Großstadt und großen Stil.

Irgendwann war er zur Reha gefahren.
Es war gegen Abend, als das Telefon schellte. Es war die Klinik. Heinz war schon betagt und in der Klinik verstorben.
Er hinterließ Sonja einige Möbel und einen kleinen Ford.
Eine gewisse Zeit behielt Sonja noch die Neubauwohnung, weil sie Aktion wollte. Hauptsache weg vom Dorf. Irgendwann wurde es ihr zu teuer und sie gab die Wohnung auf.

An einem Samstagmorgen rief sie bei mir an und brauchte meine Unterstützung. Wozu sind denn Freunde da? Ihr altes Auto bekam keinen TÜV mehr. Das Fahrzeug von Heinz stand noch in der Bezirksstadt. Er hatte es ihr vermacht! Nun musste er nur noch überführt werden.

Ich solle sie mit meinem Golf abholen. Gemeinsam fuhren wir in die Großstadt. Dort musste mich Sonja durch die Straßen dirigieren, weil ich mich dort nicht auskannte.
Endlich waren wir an den Neubaublock angekommen und hatten in der Nähe auch einen Parkplatz gefunden.

Eigentlich wollte ich schnell wieder nach Hause, aber Sonja wollte noch einkaufen, durch die Stadt bummeln und etwas erleben. Was sollte ich tun? Also musste ich mit.

Nach drei Stunden waren wir endlich wieder am Auto angekommen. Ich war inzwischen fußlahm und wollte mich erholen. Bevor die Rückfahrt begann, wurde noch die Wohnung inspiziert.

Endlich stieg jeder stieg in sein Auto und ab durch die Mitte. Sonja im roten Ford Fiesta vorneweg und ich mit meinem Golf hinterher.

Sonja zirkulierte durch den Großstadtdschungel. Es dauerte nicht lange, bis wir den Ortsausgang erreichten. Gleich hinter dem Ausgangsschild gab ich Gas und überholte den kleinen roten Flitzer.
In Serpentinen fuhren wir bergauf. Mit Schwung legte ich los. Hinter der dritten Kurve kam der Schock.

Dort stand ein Auto und eine junge Frau rannte hysterisch auf mich zu sprang fast auf meine Motorhaube. Ein Schreck fuhr mir durch die Glieder. Sofort trat ich auf die Bremse und mein Auto stand umgehend. Mir schossen direkt viele Gedanke durch den Kopf. Ich hoffte nur, dass kein medizinischer Notfall vorlag. Die Frau redete aufgeregt auf mich ein und schrie immer: „Meine Mutter, meine Mutter".

Diese Aufregung übertrug sich auch auf mich, weil ich nicht wusste, was geschehen war. Sie zottelte mich fast aus meinem Wagen. Kaum war ich ausgestiegen, fuhr Sonja schulterzuckend an mir vorbei. Ich deutete ihr an, dass sie oben auf mich warten sollte. Diese hysterische Dame versuchte ich zu beruhigen und schickte sie bergauf zu meiner Freundin. Inzwischen wollte ich mich um die Mutter kümmern. In Gedanken gingen einige Erste Hilfe Regeln durch den Kopf.

Unsicheren Schrittes ging ich zu diesem Auto, welches schräg am Hang stand. Was war ich froh, als ich eine lächelnde ältere Dame mit einem schwarzen Hund in dem Kleinwagen sah.

„Was ist denn geschehen?", fragte ich.
Sie erzählte mir nun ruhig, um was es ging. Langsam wurde ich ruhiger und hörte gespannt zu.

Ihre Tochter hatte erst seit einigen Tagen den Führerschein. Genau an diesem Tag war ein Ausflug geplant. Hinter der dritten Kurve blieb das Auto plötzlich stehen. Als sie wieder anfahren wollten, rollt es es dann langsam rückwärts die Serpentinen hinunter. Nun verstand ich die Panik.

Die alte Dame fragte mich, ob ich helfen könnte das Auto auf den Berg zu fahren. „Natürlich", erwiderte ich. „Bitte halten sie den Hund fest, damit er mich nicht beißt."

Unsicher stieg ich in den Wagen. Das war vielleicht eine Möhre.
Der Motor sprang schon einmal an und ich legte den ersten Gang ein. Ich musste schon mehr Gas geben, damit sich die Kiste bergauf bewegte.

Endlich waren wir auf ebener Straße. Oben traf ich auf Sonja mit der jungen Frau, die sich unterhielten. Als sie mich erblickten, kamen sie auf mich zu.

Erleichtert stieg ich aus, als mir plötzlich mein Auto einfiel. Der stand ja noch weiter unten hinter einer Kurve. Hoffentlich war nichts passiert!
Ich rannte so schnell ich konnte die Straße wieder hinunter. Einige Autofahrer sahen mich rennen und zeigten mir einen Vogel.

Endlich war ich am Fahrzeug angelangt. In der Aufregung hatte ich dort meine Tasche vergessen und die Autoscheibe war unten. Was hätte alles geschehen können? Es wäre gar nicht auszudenken.

Zügig stieg ich in mein Auto und fuhr bergauf, vorbei an Sonja. Nebenbei gab ich ihr ein Zeichen mir zu folgen. Auf dem nächsten Parkplatz sprachen wir über das Geschehene!
Das war ein Tag!

Autobahnraststätte

Kürzlich erhielt ich eine Einladung in die alten Bundesländer. Dort bestand für mich die Möglichkeit, mit auf der Bühne zu präsentieren.

Gleich am Morgen fuhr ich zu meiner Freundin nach Egeln. Dort packten wir alle Utensilien in ihren Kofferraum und los ging es nach Bielefeld. Dort waren wir noch nie und gespannt, was uns erwartet.

Gemeinsam aßen wir noch etwas und tankten. Zuerst ging es in Richtung Norden und anschließend auf die Autobahn.
Das Wetter war angenehm und als wir an den ehemaligen Grenzübergang kamen, bekam ich ein seltsames Gefühl. Die Häuser standen noch hinter der Mauer, wo ich damals mit meiner Familie gewohnt hatte.

Es war einfach ein Stück Vergangenheit.
Die Hälfte der Strecke hatten wir bereits hinter uns, als Angela eine Pause auf einem Rastplatz vorschlug. Es war eine gute Idee. Meine Beine benötigten auch etwas Bewegung.

Angela ging in die Raststätte und wollte dort auf die Toilette gehen. Es dauerte eine gefühlte Ewigkeit, bis sie etwas durcheinander zurück kam. Im Fahrzeug musste ich mehrfach nachfragen, ehe ich eine Antwort bekam.

„Was ist denn los?", fragte ich. Verwirrt erzählte sie mir, dass sie am Tresen den Toilettenschlüssel verlangte und nur einen Kassenbon für 50 Cent erhielt und weiterhin den Rat, sich an den Automaten zu wenden.

Angela las dort die ganzen Anweisungen, bis sich dort mit Hilfe eines Chips die Schranke öffnete. Die Blase drückte und wollte endlich entleert werden. Sie hatte es sich einfacher vorgestellt. Solch eine Anlage hatte sie noch nie gesehen.
In dem Toilettenraum glänzte und spiegelte alles. Kamen noch weitere Überraschungen?
Endlich auf die Brille setzen und loslegen. Plötzlich bewegte sie sich und begann zu kreisen. Angela erschrak und vibrierte etwas mit. So etwas gab es doch gar nicht.

Endlich war das Geschäft verrichtet und die Hose geschlossen. Nun noch die Hände waschen und nichts wie raus.

Hmm, toll. Dort war ein verchromtes Waschbecken an der Wand, aber ohne Wasserhahn. Wie funktioniert das nun wieder? Wo kam hier das Wasser raus?
Leider war weit und breit niemand zu sehen. Irgendwie musste die Technik doch funktionieren. Vielleicht kommt Wasser, wenn Frau die Hände unter den Hahn hält.
Nichts!

Anschließend wurden die Fließen an der Wand abgetastet. Es wurden nur Fingerabdrücke hinterlassen. Ansonsten wieder nichts!

Endlich kam eine Frau herein und Angela beobachtete, was sie tat.
Nun wusste meine Freundin, dass sie ihre Hände in einem gewissen Abstand über das Waschbecken halten musste.
Das war nun geschafft!

Inzwischen war die Dame entschwunden und Angela stand wieder tropfend im Raum, sah sich um und suchte Handtücher. Nirgends waren welche zu sehen, aber dafür befand sich an der Wand ein Apparat. Es hing etwas aus Stoff heraus. Was das ein Handtuch?
Hmm. Mit den feuchten Händen links und rechts den Stoff angefasst und nach unten gezogen. Dieser gab nach , aber bevor sie sich die Hände abtrocknen konnte, rollte der Stoff mit einem komischen Geräusch wieder nach oben. Der zweite Versuch!
Endlich fertig.

Nach diesem Schreck ging sie mit dem Bon an die Theke und wollte sich dafür Kaffee holen. Dort erfuhr meine Freundin, dass sie für den Kaffee noch drei Euro zusätzlich bezahlen müsse. Schlimmer ging nimmer. Der Kaffee schmeckte auch nicht. Nichts wie raus hier.
Die Weiterfahrt nach Bielefeld verlief ohne weitere Zwischenfälle. Im Ort selbst irrten wir zunächst durch die Gegend.

Pünktlich waren wir vor dem Studiogelände angekommen, wo die Veranstaltung stattfinden sollte. Ich ging in das Gebäude. Das Treffen mit den Verantwortlichen war hinter der Bühne. Ich war neugierig, was mich erwarten würde. Die Menschen waren sehr nett und höflich. Das Programm dauerte etwa zwei Stunden. Die Bühne sah sehr lustig aus. Es war eine Wäscheleine gespannt, worauf Bilder und Wäsche hing. Als Gesprächspult diente eine Waschmaschine. Darauf befand sich ein Mikrofon. Mit mir waren noch weitere Künstler eingeladen. Sänger, Slamer und mich. Das war alles sehr neu und ungewöhnlich für mich. Der Moderator rief jeden einzelnen auf und führte ein Interview durch. Anschließend dürfte jeder Künstler etwas vortragen. Der Saal war voller Publikum. Ein prima Gefühl.

Angela blieb inzwischen mit den Hunden im Auto und wollte sich für die Rückfahrt erholen.
Als ich von der Veranstaltung zurück kam, war es 23 Uhr und Angela schlief ruhig. Die Rücksitze waren umgeklappt und sie hatte beide Hunde im Arm. Ein schönes Bild.

Mir hatte es viel Spaß bereitet. Dort war ich die erste Ostdeutsche, welche eingeladen wurde. Irgendwie war ich aufgedreht, aber auch müde und kaputt.

Eigentlich wollte ich Angela nicht wecken, aber es musste sein.
Die Rückfahrt verlief ohne Pause. Es war ein langer Tag. Endlich wieder in Egeln angekommen, verabschiedeten wir uns von einander und Angela schlufte in ihr Haus. Nun musste ich nur noch mit meinem Auto nach Hause fahren.

In den frühen Morgenstunden war ich endlich angekommen.

Reha nach der OP

Kürzlich musste ich mich einer Hüftoperation unterziehen. Alles hatte ich soweit gut überstanden. Bereits nach zwei Tagen wurde ich bereits auf die Beine gestellt und versuchte mit einem Esel durch das Zimmer zu tappeln.
Durch den Sozialarbeiter erhielt ich eine Toilettensitzerhöhung, Gehhilfen und Strumpfanziehhilfe.

Bereits nach einigen Tagen durfte ich mit einem Therapeuten üben mit den Gehhilfen zu laufen. Ich musste den Dreigangschrittfolge lernen. Das war vielleicht eine Umstellung. Aber ich war aus dem Bett und übte jeden Tag etwas. Nach 15 Minuten war ich meistens schon erschöpft, aber es wird schon besser werden.

Zwei Tage vor der Anschlussheilbehandlung erfuhr ich, wo ich die nächsten Wochen verbringen würde. Mit dem Therapeuten wurde geübt Treppen zu steigen. Bergauf ging es besser als bergab. Ich war auch nicht mehr so wackelig auf den Beinen und stratzte über die Station. Die Schwestern und Ärzte schmunzelten bereits, als sie mich sahen.

Nach zehn Tagen Krankenhausaufenthalt fuhr ich mit einem Taxi zu einer Anschlussheilbehandlung.

In der Nacht vor der Abreise hatte ich einen eigenartigen Traum. Vielleicht setzte ich einen neuen Trend.
Ich stellte mir vor, dass ich mit der Toilettensitzerhöhung um den Hals sowie dem übrigen Gepäck in ein Taxi stieg und zur Reha fuhr. Im Traum stellte ich mir vor, wie die Leute in der Rezeption lachen würden, wenn sie mich so sehen würden. Innerlich musste ich schmunzeln.

Von der Nachtschwester der Klinik erfuhr ich am Vorabend, dass das Taxi zwischen 9 und 12 Uhr kommen und mich abholen würde.
Endlich aus dem Krankenhaus und diese Thrombosestrümpfe wäre ich auch los. Das dachte ich zumindest.

Gerade war ich dabei mein Frühstück zu genießen, als es plötzlich an der Tür klopfte. Es war kurz nach 8 Uhr.

Der Taxifahrer stand in der Tür, welcher mich mit dem Gepäck abholen wollte.
Er sah mich an und sagte nur: „Essen sie ruhig zu Ende. Ich rauche unten inzwischen noch eine Zigarette."
Schnell schob ich mir die letzten Bissen in den Mund und schlürfte den Rest Kaffee hinunter.

Die Koffer waren ja fast gepackt. Der Rest der Sachen wurde noch schnell verstaut und schon war ich fertig. Kurze Zeit später war ich auch bereit für die Abreise. Zügig verabschiedete ich mich von meiner Zimmergenossin und den Schwestern auf der Station.

Das Gepäck wurde auf einen Wagen gepackt und mit dem Lift nach unten transportiert.
Auf der Straße stand bereits ein Großraumtaxi und wartete auf mich. Schnell wurde alles verstaut und ich hiefte mich auf einen der Sitze. Die Gehhilfen, Toilettensitzerhöhung und Strumpfanziehhilfe lagen im Kofferraum. Das sah aus, wie bei einem Umzug.

Ich dachte, dass die Fahrt direkt in die Reha führen würde, aber weit gefehlt. Wir sollten noch weitere Personen von zu Hause abholen.
Gegen Mittag waren wir endlich am Ziel angekommen. Es wurde auch Zeit, da ich bereits Hunger verspürte.

An der Rezeption standen bereits viele Personen mit Koffern. Endlich war ich an der Reihe. Während ich meine Unterlagen und den Zimmerschlüssel bekam, wurde mein Gepäck bereits nach oben transportiert. Ich fuhr mit in die zweite Etage. Der Teppich auf dem Flur war rot.

An meinem Schlüssel war die Nummer 112 angebracht. Es war ein schönes Zimmer mit Bad und TV. „Buh, Glück gehabt", dass es nicht die 13 war.

Während ich meine Sachen verstaute, kam schon die Schwester mit dem Kommentar: „Bitte kommen sie in das Schwesterzimmer zur Untersuchung." Ich wurde gewogen, gemessen und untersucht.
Als ich wieder in meinem Zimmer war, lag dort eine Information, dass sich im Untergeschoss der Speiseraum befindet und ich mich dort einfinden sollte. Hunger hatte ich ja.

Über den langen Flur ging es mit dem Lift bergab. Gegenüber befand sich der Speisesaal. Für Neuankömmlinge war der Katzentisch gedeckt. Warum er so hieß, konnte mir niemand erklären. Es gab Salzkartoffeln, Sauerkraut und Schmorwurst. Einfach lecker!

Vom Tischservice wurde mir ab dem Mittagessen der Tisch 43 zugewiesen, welchen ich in den nächsten drei Wochen benutzen sollte. Er befand sich fast am Ende des Saales.
Natürlich war ich neugierig, wer meine Tischnachbarn sein würden. Hoffentlich sind sie nett.

Der Arzt hatte mich von allen Seiten begutachtet. In meinem Zimmer lag mein Therapieplan für die nächsten Tage bereit. Er war voll mit Terminen. Es war auch gut so, denn ich wollte gern schnell wieder auf die Beine kommen. Immerhin musste ich zu Hause allein klar kommen.
Mein Gepäck stand immer noch im Zimmer. Vor dem Abendessen räumte ich meinen Koffer und Reisetasche aus. Alles ging sehr langsam vor sich, weil ich ohne Gehhilfen mit jedem Stück einzeln zum Schrank geschlurft bin.
Die Zeit bis zum Abendessen verging wie im Flug.

Ein Blick auf die Uhr zeigte an, dass es Zeit zum Essen war. Kaum war ich im Flur und schloss meine Tür ab, als ich fast mit meinem Nachbar aus Nummer 113 zusammenstieß. Er war korpulent, aber freundlich. Gemeinsam gingen wir zum Lift. Dort stand bereits eine Menschentraube, welche ebenfalls in das Kellergeschoss wollte.

Im Saal gab es ein Buffet und jeder konnte sich Essen nehmen. Aber wie nur mit den Gehhilfen?
Mein Blick fiel auf eine Menschenmenge mit Stützen, welche in einer Schlange standen. Kurzentschlossen beobachtete ich die Vorgehensweise. Nach und nach kam eine Servicekraft, die mit uns am Buffet entlang gingen und unsere Speisewünsche auf die Teller gaben. Das Angebot war reichlich von Fisch, Obst, Gemüse bis Wurst. Hungern musste hier niemand.

Ich ging mit meinen Gehhilfen an den hinteren Tisch und staunte nicht schlecht. Neben mir am Tisch saß mein Zimmernachbar aus der 113. Er hieß Hubi und wohnte in meiner Gegend von meinem Heimatwohnort.

Er erzählte ohne Umschweife gleich am Tisch, dass er alles allein machen müsse, weil er Single sei. Ich dachte nur: „Lieber Gott, lass diesen Kelch an mir vorüber ziehen."

Kurz vor 7 Uhr begann der Tag mit dem Frühstück im Speiseraum. Als ich den Flur betrat, dachte ich, dass mich der Schlag trifft. Im Zimmer nebenan wohnte Hubi. Na Klasse!
Das konnte noch lustig werden. Mir gegenüber saßen zwei ältere Damen aus Leipzig. „Übermorgen reisen wir wieder ab", erfuhr ich. Na, dann bin ich gespannt, wie ein Bogen, wer danach kommen würde.

Nach dem Abendessen inspizierte ich kurz die Reha. Weit gehen konnte ich noch nicht. Im Untergeschoss besuchte ich die Abteilungen und streifte durch das Gelände. Ich musste mich langsam zurecht finden. Am nächsten Morgen begannen ja die Therapien. Einen Tipp bekam ich von den Tischnachbarn. Es bestand die Möglichkeit, sich mit einem Gefäß kostenlos auf jeder Station Tee zu holen. Eine leere Flasche hatte ich noch aus der Klinik. Heute war Grüner Tee angesagt.

Bevor es wieder in das Zimmer ging, füllte ich meine Flasche mit dem Tee, stopfte diese in einen Klinikbeutel und hängte in mir um den Hals. Das war vielleicht eine Umstellung. Die Hände brauchte ich für die Gehhilfen.

Gegen 19 Uhr sollte ich im Zimmer sein. Eine Schwester half beim Ausziehen der Thrombosestrümpfe, welche ich leider noch während der ganzen Rehamaßnahme tragen müsste. Weil mein Bein noch total geschwollen war, bekam ich einen Eisbeutel.

Eigentlich wollte ich vom Bett aus gemütlich fernsehen, aber irgendwie ging es nicht. Der TV stand neben dem Kopfende auf einem Tisch. Um etwas zu sehen, hätte ich mich total verdrehen müssen. Aber Frauen finden ja immer eine Lösung. Kurzentschlossen verbrachte ich das Kopfkissen an das Fußende. Den Bademantel auf den Giebel verbracht. Dazu den Eisbeutel auf den Oberschenkel getan. Genauso funktionierte es. Nur musste ich in der Nacht alles wieder umbauen. Anderes ging es nicht. Es war 23 Uhr und ich war müde. Die Gehhilfen vorsichtshalber neben das Bett gestellt. Noch etwas in einem Krimi schmökern und danach schlummern. Das war leichter gesagt als getan. Im Nebenzimmer lief bis in die Nachtstunden ein Fernsehprogramm. Morgen früh würde ich mit Hubi darüber sprechen.

Bis zum Mittagessen musste ich noch zahlreiche Therapien absolvieren. Bald wollte ich ohne diesen Gehhilfen auskommen. Die Schwester sagte, dass ich „fluffig" gehen sollte. Wie sollte das aussehen. Bisher tat ich mich schwer und musste mich sehr aufstützen. Auf dem Flur traf ich meinen Nachbarn und sprach ihn an. Er sagte nur: „Der Fernsehen lief bis 3 Uhr nachts". Er konnte es nicht fassen, dass ich es gehört hatte. Ab sofort wollte er den TV leiser drehen. War ich froh, dass es gut verlief.

An einigen Tagen hatten wir auch nachmittags Veranstaltungen wie „Autogenes Training" in einem anderen Objekt. Wenn ich etwas Zeit hatte, erkundete ich langsam das nähere Umfeld.

Einen Tag später reisten die Damen aus Leipzig ab und es kamen zwei neue Tischnachbarn. Mir gegenüber saß Gerd. Er hatte Rückenprobleme und war ein lustiger Zeitgenosse. Die Dame neben ihr hieß Sandra und wohnte auf dem gleichen Flur. Ihr Zimmer befand sich schräg gegenüber von meiner Unterkunft. Allerdings hatte sie einen Balkon.
Im Gespräch erfuhr ich, dass sie ebenfalls an der Hüfte operiert wurde und in der gleichen Klinik war wie ich, nur auf einer anderen Station. Natürlich tauschten wir unsere Erfahrungen aus.

Es ergab sich, dass wir auch gemeinsame Therapien und Seminare hatten und freundeten uns an.

Es war toll, mit Sonja die Rehazeit zu verbringen. In der freien Zeit waren wir mit unseren Gehhilfen unterwegs. Weit gehen konnten wir allerdings nicht.

Gleich neben dem Rehazentrum befand sich ein Park mit

einem Teich. In kurzen Abständen standen rund um das Grundstück höhere Bänke, über die wir sehr erfreut waren. Das Gehen fiel uns noch schwer. Also legten wir viele Pausen ein. Unsere Spaziergänge beliefen sich nur um den Park. Für diese Strecke benötigten wir fast eine halbe Stunde und waren danach völlig erledigt.

Auf dem Rückweg kam mir etwas komisch vor. Wir waren bereits wieder auf unserem Flur, als Sandra einigen Türen vorher abbiegen wollte. Auf meine Nachfrage, bekam nur ausweichende Antworten, aber sie war leicht errötet.
Ich dachte mir meinen Teil. Ab und zu hielt sie Blickkontakt zu einem Herrn einige Tische weiter. Er wohnte ebenfalls bei uns auf dem Flur. Was ich erst später bemerkte war, dass die Balkone miteinander verbunden waren. Wer weiß, was da so ablief.

An einigen Wochenenden ging ich mit Sonja in ein Eiscafé. Es war gleich am Haus und schmeckte herrlich. Selbstverständlich gingen wir anschließend noch auf den ausgeschilderten Wegen etwas spazieren. Immer mit einem Rucksack auf dem Rücken. Das Wetter lud auch dazu ein.

Am nächsten Tag glaubte ich nicht, was geschah. Wir hatten im Untergeschoss Therapien. Wir waren gerade unterwegs, als es plötzlich hinter uns hupte. „Tut, tut, tut:" Was ist das denn? Es war eine ältere Dame in ihrem Motormed. Damit fuhr sie mit dem Lift hinunter und sausten durch das Untergeschoss. Uns blieb nichts weiter übrig, als zur Seite zu springen. Das war ein Schock. Nie hätte ich gedacht, wie schnell solch ein Monstrum ist.

Nach zwei Wochen wurden die Fäden gezogen und ich durfte zur Wassergymnastik. „Hurra", darauf freute ich

mich.
Das Wochenende war vorüber und ich hatte meine erste Wassertherapie. Diese war im Untergeschoss. Im Bademantel fuhr ich mit dem Lift in die untere Etage.
Unter der Dusche war ich unsicher und hatte Angst auszurutschen. Alles ging gut.
Im Bad traf ich auf Hubi. Das konnte ja lustig werden.

Es war ein tolles Gefühl, sich im Wasser leicht zu bewegen. Die Schmerzen waren verschwunden. Von unserer Therapeutin bekamen Hubi und ich einen schmalen Reifen. Diesen sollten wir unter Wasser drücken und einen Fuß darauf stellen. Für mich war diese Übung leicht. Hubi hatte damit schon das erste Problem. Nach einigen Minuten hatte er es geschafft.
Er sollte das Knie anheben. Hubi driftete ab und marschierte so durch das gesamte Becken.
Ich bekam fast einen Schock, als die Therapeutin zu ihm sagte: „ Halten sie sich doch an der Dame fest!" Das konnte doch nicht wahr sein und fehlte mir gerade noch.
Nach 30 Minuten waren die Übungen zu Ende. Als ich aus dem Wasser kam, hatte ich das Gefühl einen Sack Kartoffeln auf dem Rücken zu tragen.
Auf dem Rückweg zum Lift schlurfte Hubi vor mir her. Ich ging absichtlich langsamer. Es war schon ein komisches Bild. Hubi im Bademantel und schwarzen Socken. Hinten war der Mantel eingeklemmt. Ich ließ ihn allein mit dem Fahrstuhl nach oben fahren und wartete bis er wieder im Untergeschoss ankam . Ich hatte keine Lust auf eine Konversation mit ihm.

Der nächste Tag war auch von Überraschungen gekürt. Ich saß gerade vor der Elektrotherapie, als ein Herr versuchte durch den Notausgang zu entweichen. Er suchte den Ausgang. Eine Schwester sagte ihm, dass er durch den Gang und immer den Pfeilen nach gehen sollte. Nun weiß ich, warum jede Etage eine andere

Auslegeware hatte. Er schien sich bereits oft verlaufen zu haben.

Nach dem Mittagessen hatte ich etwas Zeit und schrieb gerade Karten an meine Freunde, als plötzlich ein älterer Mann in meinem Zimmer stand. Er schnauzte mich an, was ich in seinem Zimmer suche. Total entsetzt starrte ich ihn an und konnte kaum fassen, was sich gerade abspielte. Mehrfach versuchte ich ihm zu erklären, dass er in meinem Zimmer stand.
Schließlich zeigte er mir seinen Zimmerschlüssel. Als ich darauf sah, dämmerte es mir. Er war in der falschen Etage. Es war der gleiche Mann, der bereits im Keller den Ausgang suchte.
Endlich ging er.

An diesem Tag war eine Oldieshow im Park. Das war ja interessant. Meine Bekannte und ich planten dort vorbei zu schauen. Eine riesige Menschenmenge war anwesend. Es war sehr anstrengen mit den Gehhilfen sich einen Weg durch die Menschen zu bahnen. Ab und zu mussten wir uns setzen und ausruhen. Viele Erinnerungen wurden geweckt, als wir die Mopeds, Motorräder oder älteren Autos sahen.
Aber es war ein schöner Tag gewesen. Einen Tag später fuhren wir mit einem Taxi wieder nach Hause. Ich hatte mich gut erholt.
Unterwegs schrieb ich an meine Freundin eine SMS, dass sie mich zu Hause trifft. Es war eine große Hilfe für mich, weil mein Kühlschrank leer war und meine Pflanzen in der Dusche standen.

Gegen Mittag lieferte mich mein Taxi wieder ab. Ich war die letzte Person. Meine Freundin stand schon vor der Tür und wartete. Gemeinsam schleppten wir das Gepäck die Treppen hinauf. Das war schon ein Akt. Meine Blumen haben die fünf Wochen auch gut überstanden.

Nach einer kurzen Pause fuhren wir einkaufen. Mit vollen drei Taschen für die nächste Zeit wurde alles in den Kühlschrank gestellt. Über die Hilfe war ich sehr glücklich.
Fährt Frau zur Reha kann sie einiges erleben.

Leute im Einkaufszentrum

Manchmal schaue ich nach Sonderangeboten. In dieser Woche war Fleisch in unserem E-Center im Angebot. Wenn ich dort einkaufte, parkte ich mein Auto auf der anderen Straßenseite. Dort befand sich ein Parkplatz. Zuerst holte ich mir einen Einkaufswagen und marschierte durch den Haupteingang in den Markt.

Genüsslich streifte ich durch die Gänge bis ich zum Objekt meiner Begierde kam. Es war der Fleischstand. Kassler war im Angebot. Wie zu erwarten war, standen bereits viele Menschen in einer Schlange vor der Theke.

Mein Wochenendbraten war nun schon sicher. Auf dem Rückweg zur Kasse wollte ich nicht wieder durch den gesamten Markt gehen. Es bestand allerdings die Möglichkeit, durch den Getränkemarkt abzukürzen. Dieser befand sich in der Nähe des Fleischstandes.
Mein Fahrzeug konnte ich so auch zügiger erreichen.
Am Ausgang des Getränkemarktes befand sich ebenfalls eine Kasse. Einige Personen standen dort auch schon an. So stand ich am Ende mit meinem Einkaufskorb und wartete auf das Abkassieren.

Vor mir stand ein Mann mittleren Alters, der wahrscheinlich Gesprächsbedarf hatte. Er war einfach gestrickt und wirkte primitiv.
Er drehte sich oft zu mir um und begann ein belangloses Gespräch. „Hallo, wie geht es Ihnen. Schönes Wetter nicht?" Als höflicher Mensch antworte ich nur knapp.

„"Gut, danke".

Merkte er denn nicht, dass ich keinen Bedarf hatte?
Als ich ihm ins Gesicht sah, kam mir etwas komisch vor.
Was war es nur? Irgendetwas stimmte nicht. Endlich fiel
es mir ein. Igitt!
Er hatte ein Gebiss, welches locker in seinem Mund war.
Als er sprach, schob er es mit seiner Zunge teilweise aus
seinem Mund. Das sah richtig ekelig aus.
Ich beeilte mich, schnell aus dem Gebäude zu kommen.
Mit dem Fleisch in der Tasche ging ich zum Auto und fuhr
nach Hause.

Einige Tage später fuhr ich nach Kaufland. Gemütlich
schob ich den Einkaufswagen durch die Reihen und
suchte die Produkte aus meiner Liste heraus. Plötzlich
vernahm ich komische Klänge aus der Nähe.

Besonders musikalisch war diese Person sicher nicht.
„Aha", dachte ich bei mir. Den älteren Mann sah ich dann
zwei Reihen vor mir. Er sang und pfiff laut vor sich hin.
Fast hätte ich mir die Ohren zugehalten. Schön ist etwas
anderes.

Endlich war ich an der Kasse. Das konnte doch nicht
wahr sein, als ich bemerkte, dass dieser Gnom hinter mir
stand und quakte.
Bei diesem grausigem Gesang hätte ich ihm fast geraten,
sich bei „Deutschland sucht den Superstar" anzumelden.

Losgewinn

Mein Schwager wohnte mit seiner Frau im Mansfelder
Land. Seine Neubauwohnung befand sich in der Nähe
eines Parks mit Restaurant. Meine Schwägerin war
damals hochschwanger.

Es war ein Pflichtprogramm, dass wir zwei Familien uns gegenseitig alle zwei Wochen besuchten.
Meine Tochter war damals noch klein.
Es war Nachmittag und im Fernsehen lief gerade Fußball. Wir Frauen planten im gegenüber liegenden Park etwas spazieren zu gehen. Das Wetter war entsprechend gut. Viele Leute waren unterwegs.
Auf der anderen Straßenseite begann das Waldgebiet mit einem Ausflugslokal. Dort gingen wir vorüber und folgten einem breiten Wanderpfad. Nach einem kurzen Spaziergang befand sich auf der rechten Seite ein Spielplatz. Meine Tochter Nadine freute sich riesig. Claudia und ich setzten uns auf eine Bank und die Kleine tobte sich an den Geräten aus. Ein schönes Bild.

Mein Schwägerin Claudia erzählte mir, dass sich am Ende der Parkanlage ein Gondelteich befindet. Nach einer Weile staunten wir nicht schlecht.

Zuerst fanden wir auf der linken Seite ein Eiscafé. Eigentlich wollten wir dort einen Besuch abstatten, aber Nadine zog uns weiter und drängelte. Plötzlich sahen wir, was sie meinte.
Es war eine Ausstellung mit kleinen Tieren und Tombolas. Auf einem Schild stand „Jedes Los gewinnt". Nadine wollte unbedingt eines haben. „Na gut", sagte ich und kaufte für uns drei jeweils ein Los. Darauf befanden sich Nummern.

Mit den Zetteln in der Hand gingen wir an die entsprechenden Tische. Dort standen Frauen mit Listen.
Für die ersten Lose bekamen wir ein Teesieb und Eierbecher.
Plötzlich stutzte eine Dame und sagte: „ Sie haben einen größeren Gewinn!"
„Aha", dachte ich so bei mir. Die Frau schaute auf eine andere Liste und fuhr mit dem rechten Finger die Zahlenkolonne hinunter. Auf meinem Los stand die

Nummer 127.
Hinter ihr standen Holzboxen mit Kaninchen, Hühnern, Truthähnen und weiteres Federvieh.

Nadine fand das alles sehr interessant und bestaunte die Tiere.
Vor einem Käfig blieb sie lächeln stehen. Darin saß ein weißes Kaninchen mit schwarzen Ringen um die Augen und ebensolche Ohren. Meine Tochter klatschte vor Freude in die Hände und rief laut" „ Toll, ein Nienchen".
Die Dame sagte mir: „Das ist Ihr Preis."
Ich wurde gefragt: „Möchten sie es zum Essen oder zur Zucht? Dazu wäre es gut geeignet."

Ich hatte absolut keine Ahnung. Wie sollten wir das unseren Männern beibringen?
Nadine war überglücklich und die Frau fragte mich: „Haben sie auch ein Gefäß für den Transport des Tieres dabei?" Wie denn? Ich wusste ja nicht, dass ich ein Kaninchen gewinnen würde.

Claudia musste zuerst lachen und hatte dann eine gute Idee. Sie schlug vor in das Eiscafé zu gehen, um dort einen Karton für das Kaninchen zu holen. Prima.

Wir warteten relativ lange und sahen uns inzwischen die anderen Preise an. Nadines Augen wurden immer größer. Besonders das Kaninchen und ein Auerhahn haben es ihr angetan.
Weil Claudia hochschwanger war, dauerte es eine gewisse Zeit, bis wir sie sahen. Es sah aus, wie ein riesiger Karton auf zwei Beinen, welcher auf uns zukam. Da hätte bestimmt ein Fernseher hinein gepasst.

Auslauf hatte das Kaninchen nun bestimmt genug. Noch zügig einige Löcher in die Kiste gebohrt und es konnte los gehen.

Auf dem Rückweg überlegten wir uns krampfhaft, wie wir das unseren Männern erklären sollten.

Claudia wohnte fast im obersten Stockwerk. Der Block hatte leider keinen Lift. Es half nichts. Der Karton musste die Treppen hinauf getragen werden.
Durchgeschwitzt kam ich oben an, stellte diesen auf dem Abtreter ab und klingelte. Mein Schwager öffnete die Tür und stutzte. Mein Mann war neugierig und kam ebenfalls zur Tür.
Als er das Tier sah, bekam ich zu hören:" Was hast Du nun wieder angestellt?" „Na, nichts!" entgegnete ich.
Inzwischen waren Claudia und Nadine auch vor der Wohnungstür angelangt. Die Männer schleppten den Karton samt Inhalt in das Wohnzimmer. Es kam eine Diskussion auf, was nun mit dem Kaninchen geschehen soll. Die Männer wollten es essen, aber wir Frauen nicht.
Nadine erwiderte erschrocken: „Nicht essen!"

Schließlich hatte meine Schwägerin eine großartige Idee.
Ihre Kollegin wohnte in einem Dorf ganz in der Nähe und wollte am nächsten Tag heiraten.
Kurzentschlossen schmückten wir das Kaninchen mit einer roten Schleife und putzten es heraus.
Gemeinsam fuhren wir zum Polterabend und übergaben es als Hochzeitsgeschenk. Die Gäste freuten sich. So ein Geschenk bekamen sie noch nie.
Einige Zeit später erfuhren wir, dass daraus ein gutes Zuchtkaninchen wurde.
Alles nahm ein gutes Ende.

Reha in NRW

Vor einigen Jahren war ich erstmalig in einer Rehabilitationsklinik in NRW. Auf der Karte suchte ich zuerst einmal den Ort. Vom Rententräger bekam ich bereits die Fahrkarten und die Route zugeschickt per

Post zugeschickt. Laut Plan musste ich dreimal umsteigen.

Einige Tage vor meiner Abreise wurde bereits mein Gepäck abgeholt. Ich war total überrascht, als es plötzlich an der Tür schellte. Damit hatte ich überhaupt nicht gerechnet. War ich froh, dass ich aus Zeitgründen bereits den großen Koffer gepackt hatte.

Das hatte den Vorteil, dass ich nur mit leichtem Handgepäck reisen würde.
Nach dem Frühstück räumte ich noch schnell auf und rief mir ein Taxi. Noch schnell ein Rundgang durch die Wohnung. Alles in Ordnung und ausgeschaltet. Die Blumentöpfe waren in der Dusche und in Eimern verteilt. So würden sie die Zeit gut überstehen.
Kaum stand ich am Postfach und nahm die Tageszeitung aus dem Kasten, als das Taxi um die Kurze kam.

Der Taxifahrer war so nett und trug die Reisetasche bis zum Bahnsteig und wünschte mir eine schöne Zeit.
Bereits kurze Zeit später fuhr der Zug ein. Kaum saß ich, als er bereits in Richtung Magdeburg fuhr. Dort musste ich in Hannover und Hamm noch umsteigen. Von dort fuhr ein kleiner Bummelzug bis zum Zielbahnhof.
Als ich auf dem Bahnsteig stand, wurde ich bereits von einem Taxifahrer in Empfang genommen.
Bis zur Rehaeinrichtung fuhren wir zirka zwanzig Minuten. Der Taxifahrer trug auch mein Gepäck bis zur Rezeption.
Während ich in einer Reihe mit andere Kurgästen stand, verschwand er wortlos.

An der Rezeption stand sehr viel Gepäck und eine Schlange von Personen, die alle am gleichen Tag ankamen. Nach einer Weile hielt ich meine Unterlagen und den Zimmerschlüssel in den Händen.

Die nächsten Wochen würde ich hier in der zweiten Etage verbringen. Zuerst fuhr ich mit meinem Gepäck, welches an der Rezept parat stand in die entsprechende Etage. Noch eine kurze Orientierung und schon befand ich mich vor Zimmer 205.
Es war ein schönes Zimmer mit Balkon. Kurz trat ich hinaus und hatte einen wunderschönen Blick auf einen Park mit See.
Zurück im Zimmer räumte ich zuerst meine Sachen in den Schrank.
Einige Minuten später klopfte es an meiner Tür. Eine Krankenschwester bat mich, in leichter Bekleidung ins Untersuchungszimmer zu kommen. „Hmm, leichte Bekleidung? Das hieß was?"

Bevor ich mich auf den Weg machte, suchte ich auf dem Flur nach dem Schwesternzimmer. Ich fand es, nachdem ich in den nächsten Flur trat.
Vor der Tür stand eine Waage. Darauf stand eine Frau nur mit Slip und BH bekleidet. War das unter leichter Bekleidung zu verstehen? Bei diesem Anblick kam ich ins Grübeln. Sollte ich etwa in Unterwäsche über den Flur bis ins Schwesterzimmer traben?
In Gedanken versunken, ging ich in mein Zimmer zurück. Ich entschloss mich für den Jogginganzug und ging zurück. Das war auch gut so. Buh, das war noch einmal gut gegangen.

Vom dortigen Arzt wurde ich zuerst untersucht und bekam anschließend meinen Therapieplan. Daraus entnahm ich, dass ich bis nachmittags beschäftigt sein würde. Durch meine Knochenprobleme blieb mir vor dem Frühstück die Joggingrunde erspart.
Bis zum Mittagessen hatte ich noch etwas Zeit und schaute mir die Reha und die nähere Umgebung näher an.
Der Speiseraum war geräumig und im Parterre

untergebracht.
Vor der Tür war ein großer Park mit Laufenten. Mitten in der Grünanlage befand sich ein See mit zahlreichen Fischen. Rund um das Wasser schmiegte sich ein gepflegter Spazierweg mit erhöhten Bänken. Die Umgebung gefiel mir bereits.

Endlich war Mittagessen angesagt. Das Personal war freundlich und das Essen reichlich. Meine Tischnachbarn waren bestimmt noch unterwegs. Ich würde sie zum Abendessen kennenlernen.

Ich nahm mir vor, nach einer Stärkung den See zu umrunden. Weit kam ich jedoch nicht. Meine Knie schmerzten und ich ging nach einem Viertel der Runde zurück. Hoffentlich würde ich nach den drei Wochen besser und schmerzfrei gehen können.

Den Nachmittag habe ich ruhig verbracht. Neugierig war ich auf meine Tischnachbarn.
Es war Zeit zum Abendessen. Mein zugewiesener Tisch befand sich an der Fensterseite, so dass ich einen gute Blick auf den Park hatte.

Als ich an meinen Tisch trat, war noch ein Stuhl frei. Dieser war sicher für mich. Kurzentschlossen stellte ich mich vor. Ich war als Einzige aus dem Osten.
Neben mir saß Benno. Er war etwa in meinem Alter. Ihm gegenüber saß eine blonde Frau. Ihr Alter wollte sie nicht verraten. Naja, ich dachte mir meinen Teil. Sie stellte sich als Anne vor. Neben ihr saß noch ein Mann Ende 30. Er hieß Klaus.

Wir konnten uns am Buffet bedienen. Das Angebot war reichlich. Am Tisch war eigentlich eine gute Stimmung. An einigen Kommentaren bemerkte ich Sticheleien zwischen Benno und Anne. Sie wollte immer im

Mittelpunkt stehen und mäkelte an einigem herum.
Benno schlug mir einen Deal vor. Wenn ich seinen Frühsport übernehme, ginge er für mich zu den Seminaren und könne dort schlafen.
Das sollte wohl ein Scherz sein.

Bei Anne stieg ich auch nicht ganz durch. Einmal erzählte sie, dass sie Sekretärin, Balletttänzerin oder Ernährungsberaterin sei. Das kam mir alles sehr komisch vor. Ich hörte einfach nur zu, wenn sie etwas erzählte. Innerlich musste ich schmunzeln. Gut, sie war schlank und blond, aber das Alter konnte nicht stimmen. Das sah ich an ihren Augen.
Den Männern konnte sie etwas vormachen, aber mir nicht. Dem Servicepersonal kam sie auch patzig entgegen.

Am nächsten Morgen gab es bereits das erste Problem. Anne hatte sich vor dem Frühsport gedrückt. Auf Nachfrage vom Personal, sagte sie, dass sie ohne Banane nicht laufen könne. Auf unserem Tisch standen diverse Tüten mit Getreidesorten, welches sie mitgebracht hatte. Benno konnte sie einem spöttischen Kommentar nicht verkneifen. Alles lachte. Die Kellnerin wurde aufgefordert umgehen in der Küche laktosefreie Milch zu holen. Sie wäre ja schließlich kein Huhn. Das konnte mit ihr noch heiter werden.

Die Therapien hatte ich alle absolviert und freute mich auf das Essen. Anne hatte alle Servicekräfte mit Beleidigungen überhäuft. Sie esse kein Fleisch, es schmecke nicht und vieles mehr. Die Mitarbeiter hatten mein Mitleid. Komisch war nur, dass sie von ihrem Tischnachbarn das Fleisch vom Teller klaute.
Das Ergebnis war, dass unser Tisch seit diesem Vorkommnis immer zuletzt bedient wurde.

Endlich war Wochenende. Inzwischen hatte ich weitere nette Menschen kennengelernt. Dazu gehörten Ella, Hella und Elke. Wir gingen gemeinsam spazieren und bummelten durch die Stadt. An einigen Abenden gingen wir auch einmal in einen Biergarten. Meine Stimmung hob sich und es machte mir Spaß. Spätestens 22 Uhr mussten wir wieder im Haus sein.

Zum Abendessen schlug die Stimmung sofort wieder um. Ich sah meine Tischnachbarn auf mich zukommen. Die Männer schleppten Annes Einkäufe. Merkten sie denn nicht, dass Anne sie nur benutzte?

Meine Tischnachbarn bekamen Besuch von ihren Familien. Anne schmollte vor sich hin: „Was soll ich allein hier machen?" Mein Vorschlag war, dass sie doch allein spazieren gehen könne. Mein Vorschlag mit mir in den Ort zu gehen, schlug sie einfach in den Wind. Sie wollte sich einfach an Klaus heran machen, obwohl dieser verheiratet war.

Ich war froh, dass ich meine Tischnachbarn nur zum Essen ertragen musste.
Meinen Kurbekanntschaften erzählte ich von Anne. Insgeheim nannten wir Anne „Prinzesschen". Es war kaum auszuhalten. Therapien konnte sie sie machen, weil sie Schmerzen hätte und Frühsport fiel wegen fehlender Bananen aus.

Mit meinen Bekannten ging ich im Ort shoppen und kaufte mir ein figurbetontes Oberteil. Es sah toll aus.
An diesem Abend kam ich etwas später zum Essen.

Als ich am Tisch saß, hörte ich, dass sich Prinzesschen von Klaus seiner Familie hat einladen lassen. Sie spendierten ihr Eis. Hatte Anne überhaupt kein Benehmen?

Demonstrativ setzte ich mich in meinem neuen Outfit an den Tisch. Den Männern fielen fast die Augen heraus. Ich vernahm nur, wie Anne sagte, dass die Herren auf meine Busen starrten.

Schmunzelnd erwiderte ich nur: „Wer hat, der hat!"

ISBN: 978-3844807431

12,50 Euro

In diesem Buch erzähle ich die Geschichte der Austauschschülerin Karem Lòpez-Videla aus Bolivien, die ein Jahr (1998-1999) in meiner Familie lebt hat sowie meine Abenteuerreise nach Südamerika.

In dieser Veröffentlichung werden auf humorige Weise der Schüleraustausch, Integration und Völkerverständigung thematisiert, sowie meine guten Erfahrungen mit der Austauschschülerin vorgestellt.

ISBN: 9 783735 785503
9,90 Euro

Der Grund für diese Buch ist mein Singlestatus. Was kann die Frau erleben, wenn sie auf Partnersuche ist? Allgemeine Feststellungen, dass Frauen nicht einparken und Männer nicht zuhören können.

Zahlreiche Bücher wurden zu diesen Themen geschrieben. Was nutzt dieses Wissen in der Praxis? Mir hat es auf der Suche nach dem Richtigen nicht wesentlich geholfen. Ich war kurz vor der absoluten Frustration. Beim zweiten Blick musste ich schmunzeln und das Erlebte erschien mir in einem anderen Blickwinkel. Unter diesem Gesichtspunkt wurden diese Geschichten geschrieben.

Marion Romana Glettner

Pfundsweib

durch mich bekommen Sie Ihr Fett weg

Ratgeber

ISBN: 9783842263

12,50 Euro

Viele Menschen leiden in unserer Gesellschaft unter Übergewicht. Die Ursachen können vielfältig sein. So zum Beispiel Krankheiten, Frust, Schicksalsschläge oder auch falsche Ernährung. Es ist auch oft ein Tabuthema, worüber nicht gerne gesprochen wird. Ich selbst habe erlebt, wie Menschen auf mein Übergewicht reagiert haben. Damals war ich nur frustriert, fühlte mich nicht wohl und wollte nicht darüber reden. Heute ist es anders und ich möchte anderen Menschen Mut machen.

Ich habe meinen Weg gefunden und jeder kann es schaffen!
Der erste und wichtigste Schritt ist, man muss es ehrlich wollen, dann klappt es auch. Wer sich für eine Diät entscheidet, muss für immer dabei bleiben. Ansonsten folgt unweigerlich früher oder später der Jo-Jo-Effekt und es wird wieder zugenommen. Das muss aber nicht sein.
Hier finden Sie eine Vorstellung von Diäten, Begleiterkrankungen, Erfahrungsberichte, Tipps und meinen Weg, wie ich es geschafft habe in einem Jahr 27 Kilo abzunehmen.
Sie können es auch schaffen! Ohne zu hungern, Diätenwahn oder hohe Kosten.
Ich wünsche Ihnen viel Spaß beim Lesen und Abnehmen.

Eine Reise durch den Salzlandkreis

Nur über die Autorin erhältlich oder als E-Book

Der Salzlandkreis ist 2007 durch Fusion der ehemaligen Landkreise Aschersleben-Staßfurt, Bernburg und Schönebeck entstanden. Er ist der flächenmäßig zweitkleinste Landkreis im Bundesland Sachsen-Anhalts, allerdings mit der höchsten Einwohnerdichte.

Die Landschaft ist vielfältig. Der Norden ist geprägt von der ertragreichen Magdeburger Börde und die Mitte und der Süden von der Steinsalzförderung. Einmalig ist für Deutschland, dass zwei Sodawerke in einem Landkreis zu finden sind.

An den Ufern der Elbe und Saale finden sich hochwertige geschützte Auenwälder, allen voran das Biosphärenservat Mittelelbe. Bode, Wipper und Fuhne- sämtliche Nebenflüsse der Saale-bilden weitere interessante Landschaftselemente. Eine weitere Aufwertung erfährt die waldarme Landschaft durch zahlreiche kleine und größere Binnenseen. Nach dem Abbau von Kohle und Kies wurde diese von Menschehand geschaffen. Auch sei hier auf eine Besonderheit aufmerksam gemacht: In Staßfurt gibt es das einzige Natursolefreibad in Mitteleuropa.

Gibt es für Sie nichts Schöneres als ein gutes Buch?

Lesen ist ein Hobby, das Fantasie weckt und die Allgemeinbildung fördert - egal, ob man sich gern von der Spannung eines Action-, Kriminal- oder Spionageromans fesseln lässt, begeistert in Sachbüchern über Natur und Geschichte schmökert oder auch einmal Herzschmerz zulässt bei einem romantischen Liebesroman, mit dem man sich besonders schön in der heißen Wanne entspannen kann...

Wer von klein auf mit Büchern in Berührung gekommen ist, der wird es in der Schule einfacher haben. Aber regelmäßiges Lesen hält auch bei Erwachsenen die kleinen grauen Zellen jung...

Zeit zum Lesen findet sich eigentlich immer - ganz klassisch vor dem Einschlafen, in Bus und Bahn oder im Wartezimmer.

Für alle, die sich einmal ablenken möchten, gern lachen oder auch Wartezeiten überbrücken möchten, habe ich meine Bücher geschrieben. Dabei schaue ich sehr aufmerksam auf das Leben, das mich umgibt. Auf den zweiten Blick entdecke ich viel Lustiges und Kurioses. Gehen Sie mit mir auf Entdeckungsreise.

Gern lade ich Sie auch zu meinen deutschlandweiten Lesungen ein und freue mich, Sie in Ihrer Wohnortnähe begrüßen zu können.

Schreiben Sie mich doch einfach an.